AF742939

www.ingramcontent.com/pod-product-compliance
Lightning Source LLC
LaVergne TN
LVHW050757051026
849532LV00008B/2897
* 9 7 8 9 3 6 9 0 8 5 5 5 2 *

غریبوں کا بھگوان

(افسانے)

رشید جہاں

© Rasheed Jahan

GhareeboN ka Bhagwaan *(Short Stories)*
by: Rasheed Jahan
Edition: October '2025
Publisher :
Taemeer Publications LLC (Michigan, USA / Hyderabad, India)

ISBN 978-93-6908-555-2

مصنفہ یا ناشر کی پیشگی اجازت کے بغیر اس کتاب کا کوئی بھی حصہ کسی بھی شکل میں بشمول ویب سائٹ پر اَپ لوڈنگ کے لیے استعمال نہ کیا جائے۔ نیز اس کتاب پر کسی بھی قسم کے تنازع کو نمٹانے کا اختیار صرف حیدرآباد (تلنگانہ) کی عدلیہ کو ہو گا۔

© رشید جہاں

کتاب : **غریبوں کا بھگوان** (افسانے)

مصنفہ : **رشید جہاں**

صنف : فکشن

ناشر : تعمیر پبلی کیشنز (حیدرآباد، انڈیا)

سالِ اشاعت : ۲۰۲۵ء

صفحات : ۸۰

سرورق ڈیزائن : تعمیر ویب ڈیزائن

فہرست

۱

چور

رات کے دس بجے کا وقت تھا۔ میں اپنی کلینک میں اکیلی بیٹھی تھی اور ایک میڈیکل جرنل کا مطالعہ کر رہی تھی کہ دروازہ کھلا اور ایک آدمی ایک بچہ لے کر داخل ہوا۔ مجھ کو اپنی نرس پر غصہ آیا کہ یہ دروازہ کھلا چھوڑ گئی۔ میرے مریض دیکھنے کا وقت مدت ہوئی ختم ہو چکا تھا۔ میں نے رکھائی سے کہا۔

"میرے مریض دیکھنے کا وقت مدت ہوئی ختم ہو چکا۔ یا تو کل صبح لانا، ورنہ کسی دوسرے ڈاکٹر کو دکھا دو۔"

مرد چھوٹے قد کا تو تھا لیکن بدن کسرتی تھا اور بچہ جو گود میں تھا، اس کا سانس بری طرح سے چل رہا تھا اور صاف ظاہر تھا کہ نمونیہ ہو گیا ہے۔ بچہ گردن ڈالے نڈھال تھا اور چل چلاؤ کے قریب معلوم ہوتا تھا۔ مرد نے اکڑ کر کہا۔

"میم صاحب فیس لے لیجئے اور کیا آپ کو چاہئے۔"

میں فیس کے نام سے شاید دھیمی بھی ہو جاتی پر اس کی اکڑ سے چڑ کر بولی، "فیس کے بغیر کوئی ڈاکٹر دیکھتا ہے۔ میں اس وقت مریض نہیں دیکھتی۔ تم کو معلوم ہونا چاہئے کہ یہ وقت ڈاکٹروں کے آرام کا ہوتا ہے۔ دوسرے تمہارا بچہ بہت بیمار

ہے۔"

"جبھی تو آپ کے پاس لایا ہوں۔ ہماری سالی کا بچہ تو اور بھی بیمار تھا آپ کے علاج سے اچھا ہو گیا تھا۔" اب اس کا لہجہ انکسارانہ تھا۔

میں نے بگڑ کر کہا، "جو میرا ہی علاج کرانا تھا تو جلدی آتے۔"

اس کی کنپٹی پر زخم کا ایک گہرا نشان تھا۔ اتنا بدمزاج آدمی ضرور کسی مار پیٹ میں زخمی ہوا ہوگا۔

بچے نے بالکل مردہ آواز میں رونا شروع کیا جس کو دیکھ کر مجھ کو ترس آ گیا اور میں آلہ کو نکال کر کھڑی ہوئی۔ مرد نے فوراً قمیض کے جیب سے دس روپے کا نوٹ نکل کر میز پر رکھ دیا۔ بچے کو دیکھ کر میں نے کہا کہ "ایک انجکشن تو میں فوراً لگائے دیتی ہوں۔ چار روز تک برابر یہ انجکشن چار چار گھنٹے پر لگیں گے انتظام کر لینا۔" اس کی غربت کی طرف نگاہ کر کے میں نے کہا، "فیس کی ضرورت نہیں۔ انجکشن کی قیمت میں لے لوں گی۔ باقی کی دوائیں تم بازار سے بنوالو۔"

اس نے پھر اکڑ کر کہا، "صاحب میں خیرات کا علاج نہیں کراتا۔" اس نے اپنے کرتے کے اندر ہاتھ ڈالا اور ایک انگوچھا نکالا۔ اتنے میں ٹیلیفون کی گھنٹی بجی، میں نے ریسیور اٹھایا اور ساتھ ہی نگاہ اس مرد پر پڑی۔ وہ گرہ کھول رہا تھا اور میری حیرت کی انتہا نہ رہی جب اس نے ایک موٹی سی گڈی نوٹوں کی نکالی۔ کم از کم پانچ سو کے نوٹ ہوں گے اور دس روپیہ میز پر رکھ کر بولا، "بس یا اور چاہیے۔"

میں نے ٹیلیفون کا جواب دیا، "ہاں، ہاں، ہاں۔" اس کی طرف مخاطب ہوئی اور پوچھا، "تمہارا نام کیا ہے۔"

"کمن" یہ کہہ کر ذرا جھجھکا۔

"کمن" یہ نام تو کہیں میں نے سنا تھا۔ ہاں یاد آیا۔ داروغہ جب میرے ہاں چوری کی تحقیقات کرنے آیا تھا تب اس نے کمن کا نام لیا تھا اور پولس والے آپس میں بات کرنے میں کمن کی کنپٹی کے نشان کی بات بھی کر رہے تھے۔ میں نے اس کی طرف غور سے دیکھا۔ وہ لاپرواہی سے ایک طرف کو دیکھ رہا تھا۔ میں نے انجکشن تیار کرنا شروع کیا اور پوچھا، "تمہارا پیشہ کیا ہے؟"

وہ جواب دینے والا ہی تھا کہ میں نے جواب دیا، "تانگہ چلاتے تھے نا؟"

"آپ کو کیسے معلوم؟" اس نے حیرت سے پوچھا، "آپ نے مجھے کہاں دیکھا؟ میں تو پہلے کبھی آپ کے ہاں نہیں آیا۔"

میں سرنج میں دوا بھر کر بولی، "کمن تم بھولتے ہو۔ ابھی دو مہینے ہوئے ایک رات کے درمیان تم آئے تھے اور میرا سارا گھر صاف کر کے چل دیئے۔ تم چوری کیوں کرتے ہو؟"

اس نے آنکھ میں آنکھ ڈال کر برابری سے جواب دیا، "میم صاحب اپنا اپنا پیشہ ہے۔"

اب میری باری حیران ہونے کی تھی۔

"پر یہ تو بتایئے کہ میرا نام کس نے آپ کو بتایا؟"

"داروغہ جو تحقیقات کرنے آئے تھے وہ لوگ آپس میں تمہارے کارناموں کی باتیں کہہ رہے تھے۔ میں نے بھی سن لیا اور تمہارے ہاں تلاشی بھی تو ہوئی تھی۔"

وہ مغلظات گالیاں پولس والوں کو دینے لگا۔

"یہ سارے پولس والے مادر۔۔۔ پہلے اپنا حصہ وصول کر لیتے ہیں پھر کہیں ہمارا حصہ ہم کو ملتا ہے۔ بہن! ہم کو یہ بدنام کرتے ہیں۔ چور سے کہیں چوری کر اور شاہ سے کہیں تراگھر لٹتا ہے۔ بیٹی! داروغہ کو میں سمجھ لوں گا۔ میرے گھر میم صاحب سال میں سینکڑوں بار دوڑ آتی ہے۔ پر یہی پولیس والے مجھے پہلے سے خبر کر دیتے ہیں۔ سب سالوں کے مہینے نہیں باندھ رکھے ہیں میں نے؟ پانچ سال سے برابر وارنٹ میرے نام جاری رہتا ہے۔ پر خدا کا فضل ہے کہ ابھی تک تو پکڑا نہیں گیا۔" اس نے شیخی کے انداز میں مجھے اپنا حال بتایا۔

میں نے انجکشن لگانے کو بچے کی ٹانگ پکڑی۔ پر وہ بڑبڑاتا ہی رہا۔

"خود سالے آکر بتا جاتے ہیں کہ تلاشی لینے آرہے ہیں۔ میم صاحب، پولیس اگر ہمارا ساتھ نہ دے تو ہم دو دن کسی علاقہ میں ٹک نہیں سکتے اور پھر ہمیں کو بدنام کرتے ہیں۔"

"دیکھو بچے کی ٹانگ مت ہلنے دو۔"

"سالے آدھے سے زیادہ تو خود کھا جاتے ہیں۔ ہم کو بچتا ہی کیا ہے۔ ساری محنت ہم کریں۔ پکڑے جائیں تو ہم جیل کی چکی پیسیں تو ہم۔ یہ مادر۔۔۔ تو گھر بیٹھے مفت کا مال اڑاتے ہیں۔

اس کا چہرہ غصہ سے سرخ ہو گیا اور بچے کے رونے کی بھی جو دھیمے دھیمے سسک رہا تھا، اس نے پروانہ کی۔ میں نے بچے کو میز پر لٹا تھپکنا شروع کیا۔ اب اس میں اور مجھ میں بے تکلفی ہوتی جا رہی تھی اور میں اس سے باتیں کرنا چاہتی تھی۔ میں پہلی بار

ایک چور سے اور وہ بھی ایسا چار جو میرا اپنا گھر صاف کر چکا تھا، ملی تھی۔ میں نے کہا، "کمن تم چوری کرتے ہو۔ تم کو ترس نہیں آیا۔ میرا گھر تو تم نے بالکل صاف کر دیا۔ پہننے کو کپڑا نہیں رہا۔ عینکوں کا تم کو کیا مل جاتا ہوتا۔ بھلا بتاؤ میری عینک بھی تم لے گئے؟"

"کوئی چیز بے کار نہیں جاتی۔"

میں نے اس کی طرف حیرت سے دیکھ کر کہا اور میری مری ہوئی ماں کی نشانی ایک دوپٹہ رکھا تھا وہ بھی تم لے گئے؟

"اس کو پکڑوا دوں؟" میرے دل میں آیا۔

"کون سا؟"

"سفید جالی کا کڑھا ہوتا تھا۔ تم کو کیا یاد ہو گا۔ نہ معلوم جب سے اب تک کتنی چوریاں کر چکے ہوگے۔

میں اس کو باتوں میں لگانے کی کوشش کر رہی تھی، "تم نے چوری کیسے شروع کی؟"

کیا میں بجلی کا بٹن دبا کر نوکروں کو بلالوں،

جیسے سب کرتے ہیں، اپنے استاد سے سیکھی۔

"استاد سے؟ تمہارے ہاں بھی استاد ہوتے ہیں؟"

"اور کیا۔ آپ نے ڈاکٹری کیسے سیکھی؟"

"میں نے تو کالج میں پڑھا تھا۔" گھنٹی بجاؤں یا نہیں۔

"ہمارا بھی تو کالج ہوتا ہے۔" وہ مسکرایا، "میرا کالج جیل خانہ تھا۔ ایک مار پیٹ

میں چھ مہینے کی جیل ہو گئی تھی۔ وہیں استاد سے ملاقات ہوئی۔"

بچہ پھر رونے لگا اور اسی وقت دروازہ کھلا اور میرا چھوٹا بھائی اپنی فوجی وردی میں داخل ہوا۔ جوان لڑکا تھا۔ کمن سے کہیں زیادہ طاقتور تھا۔ اس کے پاس ریوالور بھی لٹک رہا تھا۔ کمن اس کو دیکھ کر چونکا اور پھر جلدی سے نسخہ اٹھا کر چلنے لگا۔ پکڑواؤں یا نہ پکڑواؤں۔ پکڑواؤں یا نہ پکڑواؤں؟ میں نے جلدی جلدی سوچا۔ میں ابھی فیصلہ نہ کر سکی تھی کہ وہ باہر چلا گیا۔

"آپا کیا بات ہے۔ پریشان کیوں ہو؟"

"تمہیں معلوم ہے یہ کون تھا؟ وہ، وہ شخص تھا جس نے میرے ہاں چوری کی تھی۔"

"تمہیں کیسے معلوم ہوا؟"

"میری اس سے باتیں ہوئیں۔"

"باتیں ہوئیں اور تم نے اس کو جانے دیا۔" یہ کہہ کر میرا بھائی دروازے کی طرف لپکا اور باہر نکل کر ادھر ادھر دیکھا۔ سڑک صاف پڑی تھی وہ چند قدم ایک طرف کو بھاگا اور سڑک کے موڑ پر جا کر بھی دیکھا۔ وہاں بھی کوئی نہ تھا۔

اندر آکر غصہ سے کہنے لگا، "آپ تم بھی کمال کرتی ہو؟ چور تم کو ملا اور تم نے چھوڑ دیا۔ یہ گورکھا کس واسطے نوکر رکھا ہے؟ اس کو کیوں نہ بلایا اور جب میں آگیا تھا جب بھی خاموش رہیں۔" ریوالور پر ہاتھ پھیر کر کہا، "میں اس حرامزادے کو کبھی نہ جانے دیتا۔" میرا بھائی ایک مشہور شکاری بھی ہے۔ اس وقت اس کے چہرے پر وہی کھسیاہٹ تھی جو شکار ہاتھ سے نکل جانے پر ہوا کرتی ہے۔

"بھلا کہیں دنیا میں سنا ہے کہ آدمی چور کو یوں نکل جانے دے۔"

میں خاموش تھی۔

"آپ بہت جذباتی ہیں، بچے کو دیکھ کر پگھل گئی ہوں گی۔ لو ذرا سنو اس کی اہمیت کا تو اندازہ ہو کہ بیس روپیہ یہاں چھوڑ گیا۔ یہ بھی چوری کے ہوں گے۔"

"اس کے پاس تو پانچ سو چھ سو کے نوٹ تھے۔"

"واللہ آپ بڑی ہیں تو ہوا کریں، لیکن ہیں بہت بے وقوف!"

یہ بات اب میرے ملنے والوں کو معلوم ہو چکی ہے کہ جس نے میرے ہاں چوری کہ تھی وہ اپنے بچے کا علاج کروانے آیا تھا اور میں اس کو پکڑوا سکتی تھی لیکن جانے دیا۔ سب میرا مذاق اڑاتے تھے۔ لیکن کوئی میری دماغی کشمکش کو نہ سمجھتا تھا۔ آج تک میری سمجھ میں نہیں آیا کہ میں نے غلطی کی تھی یا نہیں۔

میرے ایک دوست پولیس افسر ہیں۔ جب انہوں ں نے سنا تو کہا کہ "معلوم ہے آپ کو آپ نے قانوناً بھی غلطی کی ہے۔ جس آدمی کے نام پر وارنٹ ہو اس کو نہ پکڑوانا جرم ہے۔"

میں سوچتی ہوں اور ان چوروں کا کیا ہو گا جن کے نام پر نہ وارنٹ ہیں اور نہ کبھی ہوں گے۔ چوری کی بھی تو کئی قسمیں ہیں۔ اٹھائی گیری، جیب کتری، نقب زنی، ڈاکہ مارنا، چور بازاری، دوسروں کی محنت کے نفع کو لے کر اپنا گھر بھر لینا اور غیر ملکوں کو ہضم کر جانا۔ یہ سب چوری میں داخل نہیں؟

لوگوں کے کہنے سننے کی تو مجھ کو پرواہ نہ تھی لیکن دراصل جب ہر طرف مجھ کو بے وقوف سمجھ کر میرا مذاق اڑنے لگا تو میرے ضمیر کے اندر ایک کرید پیدا ہو گئی۔

کیا سچ مچ اس چور کو نہ پکڑوا کر میں نے کوئی اخلاقی گناہ کیا تھا؟

میں اپنے شہر کی ایک باشندہ ہوں، کچھ شہری ذمہ داریاں مجھ پر عائد ہیں کیا اس چور کو نہ پکڑوا کر میں نے کوئی شہری جرم کیا ہے۔

پھر میری نظر چاروں طرف دوڑنے لگی۔ میں نے دیکھا کہ بڑے بڑے چور بگلا بھگت بنے گھومتے ہیں۔ بڑے بڑے محلوں میں رہتے ہیں، ہوائی جہاز میں اڑتے ہیں اور بڑے بڑے براعظم کھائے بیٹھے ہیں یا کھانے کی تیاریاں کر رہے ہیں اور اپنی حفاظت کے لئے جیسے کمن پولیس تو صرف رشوت ہی دیتا تھا، یہ اس سے بھی آگے بڑھے ہوئے تھے۔ سارے ملک کی پولیس و فوج ان کی تنخواہ دار تھی۔ کمن ۵۰۰، ۶۰۰ چوری کے نوٹوں پر سر اکڑا کر اور برابر کا ہو کر بات کرتا تھا۔ یہ صرف اکڑتے ہی نہیں بلکہ اوپر سے بیٹھ کر حکم بھی دیتے ہیں۔

* * *

۲

مجرم کون

شام کا وقت ہے، انگلش کلب میں آج بہت رونق ہے۔ سڑک پر دور دور تک موٹریں کھڑی ہیں۔ دیواروں پر ٹینس کے نیلے پردے کسے ہوئے ہیں جو اندر کی کارروائی گندی اور غلیظ ہندوستانی آنکھوں سے چھپانے کی کوشش کر رہے ہیں لیکن پھر بھی کسی نہ کسی صاحب یا میم صاحب یا کسی ہندوستانی افسر پر نظر پڑ ہی جاتی ہے۔ کلب کے سامنے ہاکی کھیلنے کا ایک بڑا میدان ہے جس پر اپنے کئی ہندوستانی بھائی جمع ہوگئے ہیں۔ کچھ چل پھر رہے ہیں لیکن منہ سب کے کلب کی طرف ہیں۔ نہ معلوم وہ کیوں جمع ہیں؟ غالباً پردوں اور موٹروں کی چہل پہل نے ان میں ایک خواہش ایک جستجو پیدا کر دی ہے اور وہ تماشا دیکھنے کے انتظار میں جمع ہیں۔

"یار دیکھو وہ بجلی والے صاحب ہیں۔"

"اور میم کس کی بغل میں دبائے ہیں۔"

قہقہہ پڑتا ہے۔

"اجی یہ لوگ بھی خوب ہیں، چاہے کوئی میم ہو۔۔۔"

"تیرا دل بھی صاحب بہادر بننے کو چاہتا ہے۔ نکال نہ اپنی جورو کو، ہم بھی ذرا

بھابی کے درشن کرلیں۔"

"تم نے سنا نہیں یار، وہ تو کانی بھی ہے اور نکٹی بھی۔"

سب ہنسنے لگے۔

"ارے یہ کون ہیں یہ تو کالے ہیں ان کا یہاں کیسے گذر ہو گیا؟"

"کوا چلا ہنس کی چال، اپنی بھی بھول گیا۔"

اس پر بہت زور کا قہقہہ پڑا۔

"دیکھو، دیکھو! وہ پھانسی والا آگیا۔"

"اجی وہ دیکھو موٹر سے وہ جج صاحب اترے۔"

"ارے یار بڑا انصاف کرتے ہیں، دودھ کا دودھ اور پانی کا پانی۔ خدا قسم! ادھر جب میں فتو والی مارپیٹ میں پھنس گیا تھا تو جج صاحب نے چھوڑ دیا۔"

"ابے سالے چپ بھی رہ، نہیں تو کھینچ دوں گا ایک ہاتھ۔ فتو سے تو پوچھ دودھ کا دودھ پانی کا پانی۔"

"چلو یار چھوڑو اس مردود کو یہاں، وہ جنٹ صاحب کی لڑکی تو آتی نظر نہیں آتی۔"

آج جج رابنسن صاحب کی الوداعی پارٹی ہے۔ وہ آٹھ مہینے کی چھٹی پر ولایت شادی کرنے جارہے ہیں۔ اپنے زمانے کے صحیح جج ثابت ہوئے ہیں۔ کلب میں بہت ہر دلعزیز تھے۔ شہر کے انگریزوں کی تو گویا وہ جان تھے۔ ہندوستانی اعلیٰ افسروں کی پیٹھ بھی کافی تھپک دیتے تھے۔ کبھی کبھار ان کو کھانے یا چائے پر بھی بلا لیتے تھے۔ اس لئے وہ بھی ان کی بہت قدر کرتے تھے۔ باقی "نیٹیو" آبادی پر صاحب کا کافی

رعب وداب تھا۔ بعض لوگ کلکٹر ججوں میں سے ہیں جو رشوت نہیں لیتے، تو لوگ عزت بھی کرتے تھے۔ قانون کو ایسا سمجھتے تھے کہ صوبہ میں کم جج ان کا مقابلہ کرتے تھے۔ بس یہ کہو کہ اس انگریزی قانون کی جو انہوں نے غلاموں کے لئے بنایا تھا ان سے اچھی ترجمانی کوئی نہ کر سکتا تھا۔ ان کو اپنی ایمانداری اور انصاف پر ناز تھا۔

کالے آدمیوں سے صاحب لوگ اپنی زندگی کے بارے میں ہزار چھپائیں لیکن پھر بھی کچھ نہ کچھ خبر باہر نکل ہی آتی ہے۔ تین سال ہوئے جج رابنس چھٹی کا کچھ حصہ شملے پر گزار رہے تھے کہ وہ اچانک ایک مسز بلیک سے ملے۔ مسز بلیک بیس اکیس سال کی خوبصورت لڑکی تھی چند مہینے پہلے کرنل بلیک سے شادی کر کے ہندوستان آئی تھی۔ کرنل صاحب فیروز پور میں تھے اور وہ جلدی جلدی شملے آتے جاتے رہتے تھے۔ لیکن جب رابنس صاحب وہاں پہنچے تو سلویا سے بھی ملے۔ دو تین دن ہی میں دونوں میں اتنی بے تکلفی ہو گئی کہ اچھے خاصے دوست ہو گئے اور بہت جلدی دوستی عشق کی حد تک پہنچ گئی۔ رابنس ان خوش قسمت انگریزوں میں تھا جس پر کئی عورتوں کی آنکھ تھی اور رابنس جہاں کہیں جاتا ان کی آنکھوں کا تارا بنا رہتا تھا۔ عشق ایک نہیں کئی ہوئے تھے۔ شادی شدہ غیر شادی شدہ ہر قسم کی عورتوں سے۔ لیکن یہ بھوت ہی کچھ اور تھا۔ مسز بلیک تو بس دنیا ومافیہا کو بھول چکی تھی۔ چھوٹی چھوٹی باتوں کا سوسائٹی میں خیال رکھا جاتا ہے کہ پردہ فاش نہ ہو۔ اس کو تو یہ کھیل جیسے آتا ہی نہ تھا۔ وہ ایک کھلی ہوئی کتاب تھی جس کا جی چاہے پڑھ لے۔ ہر طرف جارج رابنس لکھا ہوا تھا۔ رابنس نے اس کو سمجھایا بھی۔ اس کا جواب یہی ملا

"مجھے تو کوئی ڈر نہیں۔ تمہیں ڈر ہو تو مجھ سے نہ ملو۔"

آخر کو اور بھی عورتیں ہوٹل میں تھیں، جن میں سے اکثر رابنسن پر ریجھی ہوئی تھیں۔ کئی سلویا بلیک کے حسن سے خار کھائے بیٹھی تھیں۔ عشق برابر ہوٹل میں چلا ہی کرتے تھے۔ چھیڑ چھاڑ، ہنسی مذاق، چھپ کے ملنا، راتیں ساتھ گزارنا بھی کچھ برا نہ تھا۔ اس کے خاص سلیقے اور قاعدے بن جاتے ہیں۔ لیکن ایسا کھلم کھلا عشق وہ بھی ایک شادی شدہ عورت کا سوسائٹی کیسے برداشت کر لیتی۔ پہلے چہ میگوئیاں ہوئیں پھر باتیں ہوئیں آوازے کسے گئے کرنل صاحب بھی آئے۔ بیوی کا رنگ ہی اور دیکھا۔ بات کو پی گئے۔ لیکن آخر کہاں تک، ایک روز مسز بلیک شملہ سے غائب ہو گئیں۔ تین دن سہارن پور جا کر رہیں۔ پتہ لگانے والوں نے لگا ہی لیا۔ رابنس ہندوستان میں دس سال سے تھا۔ اونچ نیچ کو اچھی طرح سمجھتا تھا لیکن پھر کیا کرتا۔ مجبور تھا۔ محبت اختیار میں نہ تھی۔ معاملہ طشت از بام ہو گیا۔ کرنل دیوانہ ہو کر انتقام لینے پر آمادہ ہو گیا۔ اس کو بھی ضد پڑ گئی کہ وہ ضرور رابنس پر اپنی بیوی بھگا لے جانے کا دعویٰ کرے گا۔ بلکہ اس نے وکیلوں سے کوئی نہ کوئی مطلب کا قانون نکالنے کی باتیں بھی شروع کر دیں۔ رابنس بہت چکرایا۔ لیکن کرتا تو کیا۔ معاملہ بہت بگڑ چکا تھا، خود کرنل سے ملا۔ دوستوں سے کہلوایا۔ لیکن بلیک اپنی ضد پر اڑا رہا۔ اس طرح دو انگریزوں میں کھلم کھلا مقدمہ بازی کرنا انگریزی رعب وداب میں فرق ڈالنا تھا۔ لہٰذا ادھر گورنر تک اور ادھر کمانڈر ان چیف کے کانوں تک خبر پہنچائی گئی۔ ایک زبردست دباؤ کے بعد کرنل صاحب راضی ہوئے کہ وہ بجائے رابنس پر دفعہ ۴۹۶ کا مقدمہ چلانے کے اپنی بیوی کو طلاق دے دے گا اور مسز بلیک

کو فوراً ولایت روانہ کیا گیا کہ جب تک طلاق کی کارروائی پوری نہ ہو وہ وہیں رہیں۔

اس عرصہ میں کہ طلاق کی کارروائی جاری تھی، رابنسن ولایت ایک مرتبہ ہوائی جہاز سے اپنی معشوقہ سے مل آئے تھے۔ اب وہ آٹھ ماہ کے لئے جارہے تھے ایک ایک لمحہ ہندوستان میں کاٹنا مشکل تھا۔ چلنے سے پہلے سلویا کا ایک تار ملا تھا کہ "میں تم کو وینس میں مل جاؤں گی۔" اس تار نے رابنس کو بالکل ہلا دیا۔ وہ بہت دیر تک سر جھکائے سلویا کے بارے میں سوچتا رہا۔ کیا غضب کی عورت ہے۔ پہاڑوں کی چاندنی راتیں، ہوٹل میں چھپ چھپ کر ملنا، ہزاروں نگاہوں سے چھپ کر راتوں کو اس کے پاس آنا، بلیک کی نگہداشت کے باوجود بھی آنا۔ اور پھر اس کی گود میں سر رکھ کر آہستہ سے کہنا۔ "کیا کروں بہت کوشش کرتی ہوں لیکن جارج تم سے محبت نہیں جاتی۔" اس کا خیال ہی چکرا دیتا تھا اور پھر وہ ہاتھ وہ گردن وہ جسم! جب وہ پہلی دفعہ اس کے ساتھ آئی تھی تو کیا سین ہوٹل میں نہ ہوا تھا۔ لوگوں نے کیا کیا ناک بھوؤں نہ چڑھائے تھے۔ لیکن اس نے آکر نہایت سادگی سے اتنا کہا "جارج میں آگئی۔" گو رابنسن پارٹی میں گھوم رہا تھا، لوگوں سے باتیں کر رہا تھا، لیکن اس کا دل وہاں نہ تھا۔ اس کو تشویش تھی تو یہ کہ وہ سلویا سی لاجواب عورت کو خوش بھی رکھ سکے گا یا نہیں۔

"بھولا! تمہارے کھلاف گجریا کو ڈوسری ڈفعہ بھگانے کا جرم لگایا ہے وہ ثابٹ ہے۔ ٹم کو تین سال کی سکٹ سزا کا حکم سنایا جاٹا ہے۔ مٹرو! تم کو عورٹ گجریا واپس دی جاتی ہے۔"

یہ حکم سنا کر رابنسن صاحب کانسٹبل کی طرف مخاطب ہوئے اور کہا۔ "لے جاؤ

مولزم کو۔" ان کا یہ کہنا تھا کہ ایک گندمی رنگ درمیانہ قد کی سولہ سترہ سال کی لڑکی چند مردوں کو چیرتی ہوئی جا کر بھولا سے لپٹ گئی۔ اور زور زور سے رونے چیخنے لگی۔ کچہری میں عورتوں کی چیخ و پکار روز ہی سنی جاتی ہے لیکن اس کی تڑپن میں کچھ جادو تھا کہ راہ چلتوں کے پیر روک لیتا تھا۔ کچہری کا کمرہ بھر گیا۔

بھولا بیس سال کا ایک چھوٹے قد کا دبلا پتلا آدمی تھا۔ کالے چہرہ پر کالی آنکھیں ناگ کی طرح چمک رہی تھیں۔ وہ بالکل خاموش تھا۔ گجریا کے بین اور رونے کا ایسا معلوم ہوتا تھا کہ اس پر کوئی اثر نہ تھا۔ "اے بھولا میں تو کو نہ جانے دوں گی۔ اے جج صاحب ایسا جُلم نہ کرو۔ مو کو بھی سنگ ہی بھیج دو۔ اے سپیّا میں ہاہا کھاؤں مو کو بھی لے چل، یا کے سنگ مو کو بھی بند کر دیجیو!"

"ہٹ ہٹ، چھوڑتی نہیں سسری۔"

"مٹرو، پکڑو نہ اس۔۔۔کو۔۔۔نے گجب اٹھار کھا ہے۔"

ادھر اس کے بھائی نے اور تین سپاہیوں نے پکڑا، ادھر کانسٹبلوں نے بھولا کو دھکا دیا۔ "چل بے، کھڑا کیا دیکھتا ہے۔" اس کو گھسیٹ کر کمرے سے لے گئے۔

"بھولا، او بھولا، کہاں چھوڑ چلا۔" پیچھے بھاگنے کی کوشش کی لیکن وہ چار مردوں کی آہنی گرفت سے کہاں جاسکتی تھی، زمین پر مچل گئی۔ ایڑیاں رگڑنے لگی۔

"بھولا۔ اے بھولا، بھولا، بھولا۔"

"کورٹ صاحب اس عورت کو بار نکالو، شور نہیں مانگتا۔"

"پیشکار! سرکار بنام بندو کو آواز لگاؤ۔"

بھولا قوم کا گڈریہ تھا۔ کانسرو کے جنگل میں گائے بیل چرایا کرتا تھا۔ پتلا

سامست آدمی تھا۔ اپنے بھائی بھاوج کے ساتھ ایک چھوٹی سی جھونپڑی میں بھاندو والے میں رہتا تھا۔ بچپن سے اسی جنگل میں رہا، پلا بڑھا۔ جنگل میں اس کا من لگتا تھا۔ سونگ ندی میں گاؤں کے اور جوانوں کے ساتھ مل کر نہاتا اور پھر اس کی آواز بھی کیا غضب کی تھی۔ اس کا پتوں کے ڈھیر پر لیٹ کر اور لہک لہک کر گانا۔

"نینوں سے نینا ملاؤ میری جان۔" گاؤں کی لڑکیوں کی آنکھوں میں چمک پیدا کر دیتا۔

کانسرو کا جنگل فروخت ہوا اور کئی بڑھئی درختوں کو کاٹنے اور گرانے لگے۔ ان میں سے ایک مٹرو بھی تھا۔ وہ مع اپنی جوان گجریا کے وہاں آیا۔ بڑھئی اپنی عورتوں کو جنگل میں کام پر نہیں لے جاتے ہیں۔ لیکن مٹرو کا چچا پھاندو والے میں رہتا تھا۔ لہٰذا وہ گجریا کو بھی ساتھ ہی لے آیا۔ گجریا سولہ سترہ سال کی گندمی رنگ کی بھرے بھرے جسم کی ایک گرم گرم لڑکی تھی، گاؤں کی اور عورتوں کے ساتھ ندی پر پانی بھرنے جاتی تھی۔ راستے بھر ہم عمر لڑکیوں کے ساتھ چہلیں کرتی بھاگ دوڑ مچاتی ہوئی جاتی تھی۔ راستہ ادھر سے نکلتا تھا جہاں گاؤں کا ایک آدھ گڈریہ گایوں اور بیلوں کے واسطے پڑا رہتا تھا۔ اکثر ان مردوں اور عورتوں میں چھیڑ چھاڑ، ہنسی مذاق ہوتا تھا۔ کوئی لڑکی کہتی۔ "اے بھولا جرا وہ ہولی تو سنا دے۔"

"کیا دے گی؟" بھولا آنکھ مار کر پوچھتا۔

لڑکی اٹھا کر پتھر مارتی۔ "دیکھو بھابی یہ بھولا گاری دیتا ہے۔"

"تو بڑا جلمی ہے رے بھولا۔" اس کی بھاوج جو بھولا کے مذاقوں کو پسند کرتی تھی بن کر جواب دیتی۔

گجریا کے آنے سے بھولا کی زندگی میں بہت تبدیلیاں ہونے لگیں۔ اب پہلے سے بھی زیادہ گانے لگا۔ اس کے مذاق بھی زیادہ تیکھے ہو گئے۔ وہ گجریا کے انتظار میں بیٹھا رہتا۔ ایک آدھ دفعہ گاؤں کی گلی میں گجریا اس کو اکیلی بھی ملی لیکن گجریا کو دیکھ کر اس کے پیر بندھ جاتے تھے اور منہ تو جیسے کسی نے کیل دیا ہو۔ جب گجریا سامنے نہ ہوتی تو بڑی بڑی باتیں سوچتا لیکن دیکھ کر سب بھول جاتا۔ ایک دن جب وہ جنگل میں گا رہا تھا، گجری اور عورتوں کے ساتھ ادھر سے گزری۔ اس کو دیکھ کر بہت عورتیں رکیں۔ وہ اسی طرح لیٹا گاتا رہا۔ پھر گجریا کی طرف دیکھا۔ اس نے نیچی نگاہ کر کے مسکرا دیا۔ بھولا گانا وانا سب بھول گیا۔ گجریا اور دوسری عورتیں چلی گئیں۔ لیکن اس دن سے گجریا اور وہ آنکھوں اور مسکراہٹ میں باتیں کرنے لگے۔

ایک دوپہر کو گجریا کا پانی جلدی سے ختم ہو گیا اور اس کو اکیلے جنگل پانی لینے جانا ہوا۔ راستہ میں بھولا مل گیا۔ ہمت کر کے بھولا۔ "گوری آج اکیلی اکیلی کہاں؟" گجریا بگڑ گئی۔ یہ ڈر گیا لیکن ہمت کر کے چھیڑتا ہی گیا۔ گجری بھی ہنس دی۔ بھولا نے اٹھ کر اس کی کولی بھر لی۔ وہ گھبرا کر کھڑی وہ گئی۔ لیکن وقت اور جگہ مقرر ہو گئی۔

بھولا کی بے چینی کا عجیب حال تھا۔ تین رات سے اسی جگہ گجریا کا انتظار کر رہا تھا۔ لیکن وہ آئی نہ تھی۔ آخر کو چوڑیاں بچھوے اتار کر دبے پاؤں گاؤں کے باہر لکڑیوں کے ڈھیر کے پیچھے آ کر کھڑی ہوئی اور چپکے سے بھولا کو بتایا کہ اس کا میاں مٹرو پورے وقت اس کے ساتھ ہی سوتا رہا۔ وہ کوئی بہانہ نہ لگا سکی۔ اب پیٹ میں درد اور جنگل کا بہانہ کر کے آئی ہے اور بہت جلدی جانا ہے۔ اب یہی قصہ چلنے لگا کہ بھولا رات رات بھر گجریا کے انتظار میں جاگا کرتا اور وہ اگر موقع لگ جاتا تو

آجاتی۔

بھولا اپنی اور سب آشنا عورتوں کو بھول گیا۔ جہاں سگائی ہوئی اس کی بھی سدھ بدھ نہ رہی تھی۔ بھائی کے بہت بگڑنے پر کہہ دیتا۔ "ابھی میں نا کرتا۔" پریم کی پینگیں بڑھتی گئیں۔ دونوں انجام سے بے خبر جب ہی تک زندہ رہتے جب تک ایک دوسرے کی آغوش میں ہوتے۔

گاؤں کے آس پاس لکڑی کے ڈھیر لگے تھے۔ ایک رات کچھ لوگ بیٹھے حقہ پی رہے تھے کہ گجریا نکلی اور جنگل کی طرف چلی۔

"کون گئی؟" ایک نے شک کے لہجے میں آہستہ سے پوچھا۔

دوسرے نے کہا۔ "مٹرو کی معلوم پڑتی ہے۔"

"یاؤکھت وہاں اس کا کیا کام ہے؟"

اتنے میں آہستہ آہستہ بھولا بھی اسی راستے سے جاتا دکھائی دیا۔

"ہوں! تو یہ بات ہے!"

"لو، کو اور بھی کوئی نہ ملا۔ یہ گڈریا کا ہی رہ گیا تھا؟"

گاؤں میں ایسی بات آگ کی طرح پھیلتی ہے۔ دوسرے روز آہستہ آہستہ ہر طرف اس کا چرچا تھا لیکن مٹرو کے منہ پر کون کہے۔ آخر کو کاشی بڑھئی نے حقہ پیتے پیتے مٹرو کی طرف دیکھ کر کہا۔ "مٹرو تیری عورت ہے تو بڑی سندری۔"

مٹرو نے غضب ناک آنکھیں نکال کر کاشی کی طرف دیکھا

"تجھ سے کا؟"

"نا بھیا میں تو کہتا تھا کسی سندری کا قابو میں رکھنا بڑا مشکل کام ہے کیوں ٹھیک

بات ہے نا بلدیوا۔"

بلدیوا نے بھی سر ہلا دیا۔

مٹرو نے بگڑ کر پوچھا۔ "کون کا بات ہے؟"

"کچھ نا بھیا۔ کل رات تیری عورت ادھر ندی کے جنگل میں جا رہی تھی۔ تھوڑی دیر بعد بھولا بھی ادھر ہی گیا۔"

"کون بھولا؟"

"وہی گڈریا کا!"

"ہوں"

"نا بھیا کچھ دیکھا ویکھا نا نہیں، بس جو بات تھی کہہ دی۔"

مٹرو کے دل میں تو جیسے چھری بھونک دی ہو، گھر میں آکر گجریا کو خوب پیٹا تو دل کچھ ٹھنڈا ہوا۔ لیکن اب ہر وقت وہ گجریا کو آنکھوں میں رکھنے لگا اور ادھر اپنی چاچی سے بھی کہہ دیا۔ "چاچی اس کا دھیان رکھنا، ادھر ادھر اکیلی نہ ڈولے۔"

گجریا پر اب بہت سختی ہونے لگی۔ مٹرو بات بے بات مارنے لگا۔ لیکن اس نے بھولا سے ملنا نہ چھوڑا۔ دو ہی منٹ کو مل لیتی گلے ہی لگ آتی۔ ہاتھ ہی چھو لیتی۔ رفتہ رفتہ چاچی بھی بات کو بھولنے لگی اور مٹرو بھی ذرا غافل ہو گیا۔

ایک رات مٹرو کی آنکھ کھلی گجریا غائب تھی۔ چپکے چپکے جھونپڑے میں ڈھونڈھا۔ باہر نکل کر ڈھونڈا کہیں نہ ملی۔ تھوڑی دیر بعد اس نے دیکھا کہ گجریا دبے پاؤں گھر کی طرف جا رہی ہے اور کچھ فاصلے پر بھولا بھی ہے۔

بات صاف تھی۔ گجریا کے پیچھے پیچھے گھر چلا اور اس سے پہلے کہ وہ گھر میں

گھسے اس کا ہاتھ پکڑ لیا۔ گجریا کا دم ہی تو نکل گیا۔ لیکن آنکھوں میں آنکھیں ڈال کر کھڑی رہی۔ چھ مہینے کی متواتر محبت نے اس کو تھوڑا سا نڈر بھی کر دیا تھا۔

"کہاں گئی تھی؟"

"جنگل"

"ساتھ کون تھا؟"

گجریا چپ تھی۔

"بولتی کیوں نہیں؟" ایک طمانچہ زور کا منہ پر پڑا۔ پھر گھونسہ لات اور گھونسہ لات اور گھونسہ لات! ویسے جب گجریا پٹتی تھی تو گاؤں کی اور عورتوں کی طرح وہ بھی واویلا مچاتی تھی۔ لیکن آج رات وہ مار کھاتی رہی اور چپ رہی۔ گھونسوں کی آواز سن کر چچی نکل آئی۔ مٹرو کو اندر لے گئی۔ گھر والوں میں صلاح ہوئی کہ اپنی عزت کی بات ہے۔ بات دبا دینی چاہئے اور اس کو اس کے باپ کے گھر پہنچا دینا چاہئے۔

دوسرے روز سوجی سجائی گجریا وہاں سے آٹھ میل پر برکوٹ پہنچا دی گئی اور ساتھ ہی مٹرو اس کی ساری بات بھی کھولتا آیا۔ وہاں پر باپ و سوتیلی ماں، بھائی اور بھاوج نے ہر وقت کی چوکیداری شروع کر دی۔ لیکن ایک گڈریہ کے لئے آٹھ میل کیا ہوتے ہیں تھوڑے ہی دنوں پیچھے پھر دونوں آٹھویں اور دسویں چھپ کر ملنے لگے۔ ایک روز بھتیجے نے دیکھ لیا۔ آکر گجریا کے بھائی سے کہا۔ بھائی نے مٹرو سے بھی زیادہ بہن کی مرمت کی اور اب گھر والے رات کو اسے کوٹھری میں بند کر دیتے تھے۔ جون کا مہینہ، چھوٹی سی کوٹھری، گجریا تھی کہ وہاں سے ادھ مری ہو کر نکلتی تھی۔

ایک شام کو وہ گھر سے غائب تھی۔ سارا گاؤں، جنگل ڈھونڈھ ڈالا، پتہ نہ لگا۔ مٹرو کے پاس آدمی راتوں رات گیا۔ معلوم ہوا کہ دو دن سے بھولا بھی غائب ہے۔ دوسرے دن پولیس میں اطلاع ہوئی۔ وارنٹ کٹوایا کہ بھولا نابالغ لڑکی کو لے کر بھاگ گیا ہے۔ آٹھ روز بعد دونوں پکڑے ہوئے لائے گئے۔ عدالت میں گجریا نے گواہی دی۔ اپنی محبت اور خود اپنی مرضی سے بھولا کے ساتھ جانے کا اقبال کیا۔

بھولا نے بہت کہا کہ مجھ کو اس کی عمر کی کیا خبر تھی کیا اس کے ماتھے پر لکھی ہوئی تھی، مجھ کو اس سے محبت ہے۔ یہ خود میرے ساتھ چلی آئی لیکن قانون تو قانون ہی ہے اس میں چوں کی کیا مجال۔

اور پھر جب رابنسن جیسا قابل جج قانون کی ترجمانی کرے تو بھولا کو تین سال کی سزا سے کم کیا مل سکتی تھی؟

کلب میں آج شام ہر طرف چہل پہل تھی۔ چالیس کے قریب انگریز مرد اور عورت تھے اور تین چار ہندوستانی معہ اپنی بیویوں کے رونق افروز تھے۔ آج رابنسن کی بہت قدر تھی ہر طرف ان کی پوچھ تھی۔ ہر انگریز ان کے "ہوم" جانے پر افسوس کر رہا تھا۔ انگریز یہاں خواہ کتنے ہی آرام و آسائش میں رہیں لیکن "ہوم" چھٹی پر جانا ایسا ہی محسوس کرتے ہیں جیسے کوئی چڑیا پنجرے سے چھٹ کر خوش ہوتی ہے۔ ہندوستان کی قدر تو وہ اکٹھا ہی کرتے ہیں، یعنی جب پنشن پا کر عمر بھر کے لئے "ہوم" جا کر ہوم بساتے ہیں۔ آج تو رابنسن اور بھی غیر معمولی طور پر خوش تھا کہ وہ اب شادی کرنے جا رہا تھا۔ ایک میز پر وہ، ٹم راجرس، ایک اور انگریز اور مس فوکس بیٹھے باتیں کر رہے تھے۔

"ہاں یہ بات ٹھیک ہے۔ یہ لوگ ہوتے تو "ایموشنل" ہیں بالکل جانوروں کی طرح۔"

"اب دیکھو چھ آنے پر لڑ کر کیپٹن مارٹن کے بیرا نے چوکیدار کے چھرا بھونک دیا۔" مس فوکس نے تائید کرتے ہوئے کہا۔

"روگ Pogue کا مجھ کو وہ آدمی بالکل پسند نہیں تھا۔ نہ معلوم مارٹن نے اس کو کیوں رکھا ہوا تھا۔"

"مجھے تو بہت خوشی ہے کہ میں جا رہا ہوں ورنہ اس کو پھانسی کی سزا بھی مجھی کو دینی پڑتی۔" رابنسن نے کہا۔

"پھانسی کی سزا مجھ کو بالکل پسند نہیں۔" ٹم راجرس نے کہ جو ابھی تین مہینے پہلے ہندوستان آیا تھا۔ یہاں کی ہر چیز اس کو ایک عجوبہ معلوم ہوتی تھی۔

"پھانسی کی سزا پسند نہیں۔" مس فوکس زور سے چیخیں۔ "اگر پھانسی کا ڈر نہ ہو تو یہاں کے وحشی "نیٹیو" ہم میں سے کسی کو زندہ نہ چھوڑیں۔"

"ارے چلیئے بھی مس فوکس آپ کتنی عجیب باتیں کرتی ہیں۔" ٹم راجرس نے جس پر ابھی تک کیمبرج کا رنگ چڑھا ہوا تھا۔ ہنس کر مس فوکس کو چھیڑا۔

"لیکن مارٹن کے بیرا کو تو ضرور پھانسی ملنی چاہیئے۔ رات بھر اس کی چوکیدار کی عورت اتنے زور زور سے روتی رہی ہے کہ مارٹن کے کمپاؤنڈ اور ہمارے کمپاؤنڈ میں کسی کو سونے ہی نہ دیا۔"

"تو بیرا کے پھانسی لگنے سے کیا چوکیدار کی بیوی کا رونا رک جائے گا۔"

ٹم نے پھر پوچھا۔

"سنو راجرس تم ابھی ابھی ہندوستان آئے ہو تم جوش میں بہت سی باتیں بھولتے ہو لیکن مس فوکس نے جو کچھ کہا ہے سچ ہے۔ اگر پھانسی کا ڈر نہ ہو تو اس وحشی ملک میں ہر وقت قتل وخون ہوا کرے۔ ہمارے قانون کی برکت سے اتنا ہوا ہے کہ امن وامان قائم ہے۔" جج نے کہا۔

"ہاں چلتے چلو۔" ٹم راجرس نے کہا۔

"یہ ہمارا ہی بنایا ہوا قانون ہے جس کے سامنے ہر چھوٹا بڑا بغیر کسی قوم وملت کے برابر سمجھا جاتا ہے۔ اور جبھی ہر ہندوستانی کہتا ہے کہ اس انگریزی راج میں شیر اور بکری ایک جگہ پانی پی سکتے ہیں۔"

"سچ مچ تو کیا یہاں کا قانون اپنے 'موم' کے قانون سے مختلف ہے؟"

ٹم راجرس نے مسکرا کر سوال کیا۔

اس پر تینوں انگریز جو کئی سالوں سے ہندوستان میں تھے ہنس پڑے۔

ٹم بالکل سرخ ہو گیا۔

مس فوکس نے کہا۔ "ٹم تمہارا مطلب کیا ہے، تمہارے خیال میں ہم میں اور 'نیٹیو' میں کچھ فرق ہے؟"

"میرا مطلب یہی ہے کہ قانون ہندوستان میں چھوٹا بڑا یا اونچا نیچا نہیں دیکھتا۔ میں اپنی طرف سے بلکہ سب انگریزوں کی طرف سے کہہ سکتا ہوں کہ ہمارے دل میں کبھی ایسے خیالات نہیں آئے۔ ہم تو قانون سب کے لئے برابر سمجھتے ہیں۔" رابنسن نے کہا۔

اتنے میں سوشیل کمار گپتا ایک ہندوستانی آئی۔ سی۔ ایس۔ بھی اس گروپ کے

قریب آنکلے اور ہیلو رابنسن کہہ کر میز کی طرف بڑھے۔

"دیکھو گپتا، آپ نے مجھے ساتھ لے جانے کا وعدہ کیا تھا اور خود جلدی چلے گئے۔" راجرس نے شکایت کی۔

"میں بہت سویرے گیا تھا اور پھر میری فیملی بھی ساتھ تھی۔ افسوس کہ آپ کو ساتھ نہ لے جاسکا۔ لیکن مجھ کو دو تین روز بعد پھر جانا ہے۔"

"آپ کہاں گئے تھے؟" رابنسن نے پوچھا۔

"کانسراؤ کی طرف، ہاں وہاں ایک گاؤں ہے پھاندو والا۔ وہاں پر کل ایک عجیب واقعہ ہوا۔ (ہنس کر) اس کے ذمہ دار رابنسن تم بھی ہو۔"

"میں!" ربنسن نے حیران ہو کر پوچھا۔

"کیا ہوا؟" مس فوکس نے سوال کیا۔

"ایک جوان لڑکی نے اپنے شوہر کے گھر کو آگ لگا دی اور پھر اپنے کپڑوں پر تیل چھڑک کر آگ میں گھس گئی۔"

"تو میں کس طرح ذمہ دار ہوا؟" رابنسن نے مسکرا کر پوچھا۔

"تم نے دو عاشق و معشوق کو جدا کر دیا۔ آدمی کو جیل بھجوا دیا۔ لڑکی خود جل مری گھر بھی ساتھ پھونک گئی۔"

"کون سا کیس؟" رابنسن نے دماغ پر زور ڈالتے ہوئے کہا۔

"کہانی مجھ کو معلوم ہے، کیس کی مجھ کو خبر نہیں۔" گپتا نے کہا۔

"مسٹر گپتا ضرور ساری بات سنایئے۔" مس فوکس نے اشتیاق سے پوچھا۔ گپتا نے کہا کہ۔

"مس فوکس کہانی دلچسپ ہے۔ ایک بڑھئی کی عورت کا ایک گڈریے سے عشق تھا۔ جب بڑھئی کو خبر لگی تو اس نے مارا پیٹا، کچھ نہ ہوا۔ دونوں ملتے رہے۔ لوگ تو کہہ رہے تھے کہ وہ دونوں نہ چیتے سے ڈرتے تھے نہ شیر سے اور چھپ چھپ کر راتوں کو جنگلوں میں ملتے تھے۔ پھر بڑھئی نے اس کو اس کے باپ کے یہاں بھیج دیا۔ وہاں اس کے رشتہ داروں نے مارا پیٹا، بند کیا۔ لیکن پھر بھی کوئی اثر نہ ہوا، اور وہ برابر چھپ چھپ کر راتوں کو جنگل میں ملتے رہے۔

آخر وہ ایک دن اس لڑکے کے ساتھ بھاگ گئی۔ ہردوار سے دونوں پکڑے آئے۔ نمبر ایک مقدمہ قائم ہوا۔ رابنسن صاحب کے ہاں لڑکا ضمانت پر چھوڑ دیا گیا۔ ان دونوں نے پھر چھپ کر ملنا شروع کیا اور پھر بھاگ گئے۔ اب کے بمبئی جارہے تھے کہ دہلی پکڑے گئے۔ اب دو مقدمے قائم ہو گئے۔ ہمارے رابنسن نے لڑکے کو تین سال کی قید کر دی۔"

"اچھا ہندوستان میں بھی لوگ محبت کرتے ہیں؟" مس فوکس نے نہایت تعجب سے پوچھا۔

گپتا اور ٹم قہقہہ مار کر ہنس پڑے۔

"قانون ہے جناب میں کیا کروں۔" رابنسن نے تھوڑی دیر بعد جواب دیا۔

"اوہ جارج!" مس فوکس نے تین سال کی ناامیدی کا بدلہ اپنی آواز میں بھر دیا۔ رابنسن مطلب سمجھ کر سرخ ہو گیا۔

"میری بات ٹھیک ہے نا، رابنسن اگر گپتا کی عورت کو لے کر بھاگ جائے تو تم یہی سزا دیتے؟"

"میرا نام کیوں لیتے ہو میری بیوی تو قریب ہی بیٹھی ہے۔ اپنا ذکر کرو۔"

"اچھا میرا ہی سہی، اچھا سچ بتاؤ رابنسن اگر میں اس مرد کی جگہ ہوتا تو تم یہی سزا دیتے۔ (ٹھہر کر) اور جو فرض کرو تم اس کی جگہ ہوتے تو تم کیا میرے سے یہ امید کرتے کہ میں تم کو یہی سزا دوں؟"

ٹم راجرس نے جو رابنسن کی عشقیہ ہسٹری سے بالکل ناواقف تھا، یہ سوال کیا۔

"تمہارے سوال کا جواب۔۔۔"

مس فوکس نے بات کاٹ کر اس کو ایک "نیٹیو" کے سامنے بڑھنے نہ دیا۔ اور اٹھ کھڑی ہوئیں۔

۱۹۴۱

***

۳

میرا ایک سفر

شکنتلا۔۔۔ تم لڑکیاں بھی کتنی بد مذاق ہو، میری گھڑی پیچھے کر دی، اگر ریل چھوٹ جاتی تو؟

کل کالج سے اتنی دیر کر کے چلی کہ اسٹیشن پر پہنچی تو گاڑی گھڑی تو تھی، لیکن گارڈ سیٹی پر سیٹی بجارہا تھا۔ جس مصیبت سے میں نے اسے پکڑا بس میں ہی جانتی ہوں۔ اپنی ساڑی اونچی اٹھا میں نے پل پر سے بھاگنا شروع کیا۔ یقین مانو! اگر تم ساتھ ہوتیں تو یہ ریل کبھی نہ ملتی۔ ریلوے کے ملازم تھے کہ حیرت سے منہ پھاڑے میری طرف دیکھ رہے تھے اور میں تھی کہ نہ آگے دیکھوں نہ پیچھے۔ بس بھاگے جارہی تھی۔ پل پر سے اتر رہی تھی کہ گاڑی نے آہستہ آہستہ کھسکنا شروع کیا۔ میں نے بھی اپنی چال تیز کی۔ دو دو تین تین سیڑھیاں پھلانگنے لگی۔ گارڈ کوئی نیک سا جوان تھا۔ میری طرف دیکھ کر مسکرایا اور پھر ایک دفعہ سیٹی بجائی۔ میری حالت ہی یہ تھی کہ جو دیکھتا ضرور ہنستا۔ بال اڑتے ہوئے۔ تم کہو گی یہ تو کوئی نئی بات نہیں۔ ہمیشہ ہی اڑا کرتے ہیں لیکن کل تو بری حالت تھی۔ کلپ سب گر گئے تھے۔ لٹیں تھیں کہ منہ پر لہرا رہی تھیں۔ سیڑھیاں دکھائی تک نہ دیتی تھیں۔ ساڑھی تھی کہ

پیچھے پیچھے چلی آ رہی تھی۔ سانس تھا کہ لوہار کی دھونکنی بنا ہوا تھا اور میں تھی کہ بس قدم آگے تھا۔ آخری دو سیڑھیاں جو اور جلدی میں کودنی چاہیں تو ساڑھی میں الجھ کر چاروں خانے چت گری۔

ہر کوئی میرے اٹھانے کو بڑھا۔ لیکن میں خود ہی جلدی سے اٹھ بیٹھی اور بالوں میں سے لال منہ نکال کر ہانپتی ہوئی چیخی، "گاڑی!" گارڈ نے ہنس کر کہا۔ (میرے اس طرح گرنے پر سب ہی ہنس رہے تھے۔ قہقہے تک مجھے سنائی دیئے۔ تو گارڈ بچارا کیوں نہ ہنستا) خیر اس نے بڑی مشکل سے اتنا کہا، "گاڑی ٹھہرا دی ہے۔ (ہنسی) جلدی کیجئے ویسے ہی پانچ منٹ لیٹ ہے۔"

بس میں پھر دوڑی اور سامنے کے درجے میں گھس گئی۔ درجہ مردانہ تھا۔ وہاں میں مسکراہٹوں اور ہنسی کے درمیان ریل کے باہر جھانکتی رہی۔ جب سانس ٹھیک ہوا تو غسل خانے میں جا کر بال درست کئے اور دوسرے اسٹیشن کا انتظار کرنے لگی۔ وہاں اتر کر میں نے ٹکٹ خریدا اور زنانے ڈبے میں چلی گئی۔

تیسرا کلاس کھچا کھچ بھرا ہوا تھا۔ چھوٹا درجہ عورتیں بچے اور اسباب مل کر اتنی جگہ تھی کہ کوئی آرام سے کھڑا بھی ہو سکے۔ پاخانے کے پاس والی کھڑکی میں سے منہ نکال کر جھانکنے لگی۔ جب درجہ تیسرا ہو اور اس طرح بھرا ہوا ہو تو میری جگہ پر جو جو خوشبوئیں آ رہی ہوں گی اس کا اندازہ تم فرسٹ، سیکنڈ کلاس میں سفر کرنے والی کم لگا سکتی ہو۔ میں ناک میں رومال ٹھونسے کھڑی تھی کہ ایک ہندو عورت نے ذرا سی جگہ نکال کر کہا، "بہن جی یہاں بیٹھ جایئے۔" میں بیٹھ گئی۔ چار بنچ تھے۔ دو پر ہندو اور ان کے بچے بیٹھے تھے۔ اور دو پر مسلمان اور ان کی اولاد۔ میرے ماتھے پر جو لال

بندی لگی تھی اس کی وجہ تھی کہ انہوں نے مجھے اپنے پاس بٹھا لیا تھا، میں نے شکریہ کیا کہ یہ بندی جسے دیکھ کر دادی اماں اتنی ناراض ہوں، مجھ پر تو خیر۔ میرے ماں باپ کو بھی ہزاروں سنا دیں اس وقت خوب کام آئی۔

"بہن جی۔ ابھی گھنٹے بھر میں ہم تین جنی اتر جائیں گی تو تم آرام سے بیٹھ جانا۔"

جی میں بھی گھنٹہ بھر میں اتر جاؤں گی۔"میں نے شکریہ ادا کرتے ہوئے جواب دیا۔ تھوڑی دیر کے بعد "آپ پڑھتی ہیں؟"

"جی"

"آپ کی شادی ہو گئی ہے۔"

"جی نہیں۔"میری 'جی نہیں' سے وہ اتنی ناراض ہوئیں کہ آنکھیں بھویں سیکڑ منہ دوسری طرف کر لیا۔

"آپ کون ذات ہیں؟" ایک اور بولیں۔

"چمار" میں نے زور سے ہنس کر جواب دیا۔

میں ریل پکڑنے سے اتنی خوش تھی کہ دل چاہ رہا تھا کہ آپ ہی آپ قہقہے لگاؤں، چیخوں اور کودنے لگوں۔ بمشکل ضبط کئے بیٹھی تھی۔ اب ان کے سوالوں نے پھر سے گدگدی شروع کر دی اور میں زور سے ہنس پڑی۔ جنھوں نے یہ سوال کیا تھا بگڑ گئیں۔

"آپ چمار ہیں، پڑھی لکھی ہو کر ایسا دوسروں کو الو سمجھتی ہیں۔"

ہاں، دوسری بچواں پر جو مسلمان عورتیں بیٹھی ہوئی پان پر پان کھا رہی تھیں سب کی سب ان پڑھ تھیں اور دیکھنے میں بھی ایک ہی برادری کی معلوم ہوتی تھیں

اور یہ ہندو عورتیں بھی زیادہ تر بے پڑھی لکھی بینیاں، کھترانیاں، برہمن قسم کی تھیں۔ ویسے ہی سفر میں ہر کوئی برہمن ہو جاتا ہے اور ٹھاکر سے نیچی ذات کو تو ہم نے آج تک سفر کرتے دیکھا ہی نہیں۔

ایک اور مسلمان عورت کالے تنگ پاجامے گلابی دوپٹہ چاندی کے زیور سے لدی ہوئی اٹھی، بلاق اس کا اتنا بڑا تھا کہ اس کا پان سے بھرا ہوا منہ اور مسی سے کالے دانت سب اس بلاق کے پیچھے چھپ گئے تھے۔ بلاق کیا تھا ایک ٹٹی تھا کہ سامنے لٹک رہا تھا۔ میرا خیال ہے کہ پرانے زمانے میں عورت کی چڑچڑ سے تھک کر کسی مرد نے بلاق نکالا ہوگا تاکہ عورت کی آواز منہ میں پھنس جائے۔ لیکن عورتیں بھی کیا ہی بے وقوف ہیں کہ اس کو رواج بنالیا۔ جبھی تو ہر مذہب یہی سکھاتا ہے کہ عورت ناقص العقل ہے۔

اچھا سنو! وہ مسلمان اٹھیں۔ اب لوٹا لئے پاخانے کی طرف چلیں۔ ہندو عورتیں جلدی سے سمٹیں۔ ایک بچاری جو اسباب پر بیٹھی ہوئی تھی مع جوتیوں کے صندوق پر چڑھ گئی۔ یہ مسلمان صاحبہ بغیر ادھر ادھر دیکھے اپنا دوپٹہ سایۂ رحمت کی طرح اسباب والی اور ایک اوپر جوان کے قریب ہی بیٹھی تھی لٹکاتی ہوئی نکل گئیں۔ وہ دونوں غصہ سے تلملا گئیں۔ "دیکھا کیسی بیڈھنگی ہے کپڑے چھواتی چلی گئی۔"

"تو پاخانے کہاں سے جائے! راستہ میں کیوں بیٹھی ہو؟" ایک ادھیڑ عمر کی مسلمان عورت دوسری طرف سے بولیں۔

"جانے کو کس نے بند کیا ہے؟ اپنا کپڑا اٹھا کر تو چلے۔ کیوں دوسروں کو چھواتی

ہوئی جاتی ہے۔" میری ہمسائی تڑخ کر چیخیں۔ یہ ایک ہندی اخبار ہاتھ میں لئے ہوئے تھیں۔

"راستہ میں بیٹھو گی تو یہی ہو گا۔" ایک اور مسلمان نے لاپرواہی سے جواب دیا۔

"راستہ میں نہ بیٹھیں تو کیا تمہارے سر پر بیٹھیں۔ ٹانگ پھیلا پھیلا کر تو تم بیٹھو ہم یہاں تکلیف سے بیٹھتے ہیں تو بھی تمہیں کھٹکتا ہے، جیسے ریل تمہارے باپ کی ہے اور ٹکٹ تمہیں اکیلی نے تو خریدا ہے۔" دوسری ہندو صاحبہ نے پیچھے مڑ کر اور ہاتھ پھیلا کر مسلمانوں کو جواب دیا۔

"ہاں ریل ہمارے باپ کی ہے۔ ہم تو یوں ہی ٹانگیں پھیلا پھیلا کر بیٹھیں گے۔ تم سے جو بنے بنا لو اور جو زیادہ بک بک تم سب نے کی تو ٹھیک نہ ہو گا۔" ادھیڑ مسلمان نے پیک ریل کے اندر تھوک کر ہندوؤں کو ڈانٹا۔

"ٹھیک نہیں ہو گا تو کیا ہو گا؟ تم کوئی کلٹر ہو کہ توپ دم کروادو گی؟"

پھر اپنی پارٹی کی طرف مڑ کر "سن رہی ہو بہن جی! جب سے یہ مسلمانیاں گھسی ہیں یہ آفت اٹھار کھی ہے۔"

اب میں سمجھی کہ یہ دو کیمپ کیوں اس طرح الگ الگ بیٹھے تھے۔ یہاں بھی ہندو اور مسلمان کی لڑائی ہو رہی تھی۔ ان غریب گھر کی بیٹھنے والیوں کو سڑکوں پر تو موقع ملتا نہیں۔ اب خوش قسمتی سے تیسرے کلاس کا ڈبہ میسر آیا۔ وہیں دشمنی نکالنے لگیں۔

میں سنبھل کر بیٹھ گئی اور غور سے سننے لگی۔ ایک جوان مسلمان عورت نے زور

سے ہندوؤں کو سنا کر کہا، "اے چچی تم بھی کن کمینوں کے منہ لگتی ہو۔ بھلا جوتوں کا بھوت باتوں سے اترتا ہے۔"

"کیا کہا تم نے؟ جوتوں کا بھوت؟ کمین؟ ذرا اپنی زبان سنبھال کر بولو۔ کیا خون خرابہ کرنے کی تمہاری منشا ہے۔"

شریمتی جو میرے قریب تیج پڑھ رہی تھیں، اکڑ کر بولیں، "جانتی ہو میں کون ہوں؟ جو زیادہ چیڑ پھنس کی تو سسریو یہیں سب کو اتروا دوں گی۔"

مسلمان لڑکیوں نے قہقہہ لگایا، "اے لو! کچھ اور بھی سنا، وہ بیٹھی ہیں لاٹ صاحب کی جورو!"

یہ مجھے زور سے ہٹاتی ہوئی جوش میں آکر کھڑی ہو گئیں۔ اتنے میں غسل خانے کا دروازہ کھلا اور بلاق والی نکلیں۔ یہ ابھی کھڑی ہی تھیں کہ اسباب پر سے ہندو بولیں، "دیکھو جی اپنے کپڑے سنبھالتی ہوئی چلو۔"

"ہم تو ایسے ہی جائیں گے۔" کہہ کر وہ اپنی پرانی شان سے آنچل لٹکاتی ہوئی نکلیں، ان کا دوپٹہ پھر اسباب والی سے چھوا، اس دفعہ تو انہوں نے دانت کچکچا کر دوپٹہ گھسیٹ ہی لیا۔ بلاق والی اوندھی گریں اور لوٹا چھوٹ کر وہ گیا۔ سارا پانی دو ہندو عورتوں پر گرا اور چھینٹیں تو کئی پر پڑیں۔ سب کی سب چلا پڑیں، "رام رام۔" دوپتہ گھسیٹنے والی دوپٹہ چھوڑ اپنی دھوتی دیکھنے لگیں۔ بلاق والی بھی سنبھل کر کھڑی ہوئیں۔ یہ واقعہ اتنی جلدی اور اچانک ہوا تھا کہ ان کی ساتھ والیاں ابھی اٹھ ہی رہی تھیں کہ یہ اپنا دوپٹہ چھوڑ تن کر کھڑی ہو گئیں۔ آؤ دیکھا نہ تاؤ۔ ایک طمانچہ چٹ سے اپنے دشمن کے جھکے ہوئے سر پر مارا۔

"حرامزادی، سمجھتی کیا ہے اپنے کو۔"

اب درجہ میں ایک عجب طیش اور غصہ کی فضا تھی۔ ہر عورت آنکھیں نکالے دوسری پارٹی کی طرف دیکھ رہی تھی۔ اور میں جھک جھک کر باہر جھانک رہی تھی کہ کوئی اسٹیشن بھی آجائے تو ان کا دھیان بٹ جائے لیکن یہ تو ایکسپریس تھی۔ سب چھوٹے موٹے اسٹیشن چھوڑ رہی تھی اور اس کے ٹھہرنے میں تو ابھی بہت وقت تھا۔

طمانچہ کھا کر اور بھیگ کر کس طرح ممکن تھا کہ وہ خاموش رہتیں۔ ان کی ساتھی جو بھیگی بیٹھی تھیں، اکیلی ہی لڑنے مرنے کو تیار تھیں۔ دونوں ایک ساتھ ہی بلاقن سے گتھ گئیں۔ ادھر سے بھی مدد آگئی اور اب ذراسی جگہ میں چار پانچ عورتیں ایک دوسرے سے بھڑی ہوئی تھیں۔ کسی کے بال دوسری کے ہاتھ میں تھے تو اس کے خود کے بالی پتے کھینچ رہے تھے۔ اسباب پر لدالد گر رہی تھیں۔ پھر اٹھتی تھیں۔ جو ہندوؤں نے بالیوں اور بلاقوں پر ہاتھ مارا تو مسلمانوں نے بال کھینچے۔ جہاں جس کا منہ پڑا وہیں کے وہیں اپنی دشمن کا گوشت دانتوں میں دبالیا۔ اگر کسی کا وار پڑ گیا تو وہیں دو ہتڑ ہی دو ہتڑ لگانے لگی۔ غرضیکہ یہ سب مار پیٹ، نوچ کھسوٹ کی زندہ تصویریں اسباب اور ریل کے فرش پر لوٹ رہی تھیں۔

میرے پاس جو شریمتی کھڑی تھیں، اسباب ہٹاتی ہوئی میدان جنگ میں پہونچنا چاہتی تھیں۔ لیکن جگہ ہی نہیں ملتی تھی۔ جوش قومی سے پاگل ہو رہی تھیں۔ جب ادھر جانے راستہ نہ ملا تو بنچ پر سے جھک کر ایک آٹھ دس سال کی مسلمان لڑکی کے دھول جمائی۔ اب دو تین مسلمان عورتیں جو لڑائی میں صرف زبانی حصہ لے رہی تھیں۔ بے قابو ہو کر کود یں اور دشمن کے ملک میں گھس آئیں۔ ادھر بھی جو ہندو

لڑائی میں شریک نہ تھیں، کھڑی ہو گئیں۔ اب بجائے ایک جگہ کے دو طرف گتھم گتھا ہونے لگی۔ میں اپنی جگہ پر اور سکڑ گئی۔ ہمسائی نے میری اس مردہ دلی کو دیکھ کر مجھے جنگ میں شرکت کی دعوت دی، "بہن جی! بیٹھی کیا دیکھ رہی ہو آخر کیا ان ملیچھوں کی مار کھاؤ گی۔"

ادھیڑ مسلمان نے غضب کی آنکھوں سے میری طرف دیکھا۔ میں جلدی سے باہر دیکھنے لگی تاکہ اس کو یقین ہو جائے کہ میں اس مار پیٹ میں شریک ہونا نہیں چاہتی۔ میں نے دیکھا کہ چند بچے ڈرے سہمے ہوئے بیٹھے تھے۔ یہ سین دیکھ رہے تھے اور باقی گلا پھاڑ کر رو رہے تھے۔ لیکن مائیں تھیں کہ اس جوش قومی کے سامنے بچوں کو بھی بھول چکی تھیں اگر کمی تھی تو بس "اللہ اکبر اور سری کرشن مہاراج کی جے" کی تھی۔ یہاں تو ان بولوں کے بدلے رنڈی، لچی، سوت، رانٹ، حرامزادی، الو کی پٹھی کے اور جو جو لفظ سنائی دے رہے تھے ان کو لکھنے کی میری تو ہمت نہیں۔ تم خود ہی سمجھ جانا۔

ایک مسلمان بڑھیا نے جو کونے میں بیٹھی سر ہلا رہی تھی۔ اب ایک اور چال چلی۔ شاید ارادہ نیک ہو، لیکن انجام تو بہت ہی برا ہوا۔ اس نے اپنے کھانے کو پوٹلیا کھولی۔ کھانا نکالا اور گوشت کی بوٹیوں اور قیمہ کی بوچھاڑ ہمارے طرف کر دی۔ ہندو عورتیں ایک لمحہ تو رکیں اور پھر سنبھل کر ایک نے گرے ہوئے لوٹے کو اٹھا کر باہر پھینک دیا۔ مسلمان اب ان کے اسباب کی طرف لپکیں اور ذرا سی دیر میں سب کی سب ایک دوسرے کے اسباب پر چپٹ گئیں۔ اگر ایک پارٹی چھین رہی ہے تو دوسری بچا رہی ہے۔ اسباب کی چھینا جھپٹی بڑھتی جا رہی تھی۔ دونوں طرف کی دو چار

چھوٹی موٹی چیزیں کھیتوں کی نذر بھی ہو چکی تھیں اور میر اڈر کے مارے بر احال تھا کہ کہیں اسباب اور اسباب کے بعد بچوں کی باری نہ آ جائے۔

عورت جب غصہ سے پاگل ہوتی ہے تو بگڑے ہوئے بجار سے بد تر اس کی حالت ہوتی ہے اور یہاں تو اتنی عورتیں تھیں اور سب کی سب غضبناک۔ میں اپنی خوشی وشی سب بھول چکی تھی اور اس سوچ میں تھی کہ کیا کروں اور کس طرح ان عورتوں کو منع کروں کہ میری ہمسائی شریمتی کشتی میں ہار کر میرے اوپر گریں اور ادھیڑ مسلمان کا اندھا ہاتھ میرے کٹے ہوئے بالوں پر پڑا۔ بس میں چکرا ہی تو گئی۔ آنکھوں کے نیچے اندھیرا آ گیا۔ میں شریمتی کو دھکا دے کر کھڑی ہو گئی۔ اپنا سیدھا ہاتھ جو میں نے گھما کر مارا تو ادھیڑ اور ان کی ساتھی دونوں کے سر جا کر بنچ پر ٹکرائے اور میں لپک کر زنجیر کی طرف بڑھی۔

شکنتلا کاش تم بھی ہوتیں! لڑائیاں میں نے عورتوں کی بہت دیکھی ہیں اور خاص کر ریل میں، جگہ پر، مذہب پر، بچوں پر، گندگی پر، غرضیکہ ہر بات پر ہوتی ہیں لیکن ایسی انوکھی ہاتھا پائی میں نے پہلے کبھی نہ دیکھی تھی۔ کسی کے کان سے خون بہہ رہا ہے تو کسی کے ناک میں سے کسی کے کپڑے چیتھڑے ہو گئے ہیں تو کسی کے بالوں کی لٹیں دوسری کے ہاتھ میں ہیں۔ ایک بے چاری کی دھوتی بھی اسی کشتم کشتا میں کھل گئی لیکن اس کو کہاں ہوش تھا وہ تو یوں ہی جتی ہوئی تھی۔ تو میں لکچر دینے لگی لیکن کاش تم وہاں ہوتیں تو سنتیں کہ زبیدہ بھی بول سکتی ہے۔

میں نے زنجیر تھامی اور گلا پھاڑ کر چلائی، "آپ لوگ لڑنا بند کریں گی یا نہیں یا میں زنجیر کھینچ کر پولیس کو بلاؤں؟"

لڑنے والیاں رکیں میری طرف دیکھا اور میرا ہاتھ زنجیر پر دیکھ کر کچھ ہوش میں آئیں۔ ان کے ہاتھ تھوڑے ڈھیلے پڑے۔ میں موقع کو غنیمت سمجھ کر پھر اسی آواز میں گرجی۔

"ذرا اپنی حالت تو دیکھو، کوئی ننگی پڑی ہے۔" فوراً اس عورت نے اپنی دھوتی گھسیٹی۔ اس کو پہلی دفعہ اپنی برہنگی کا احساس ہوا تھا۔ "کسی کا کان کھینچا ہوا ہے۔" بہت سے ہاتھ اپنے کانوں کی طرف اٹھے۔ "کسی کا کرتہ پھٹ پھٹا کر دھجی ہو گیا ہے۔ آخر بتاؤ کہ تم عورتیں ہو کہ جانور؟"

میرا ہاتھ برابر زنجیر پر تھا اور میں نے محسوس کیا کہ اس وقت اگر میں نے بولنا بند کیا تو یہ کہیں پھر آپس میں نہ جت جائیں۔ نہ معلوم کیا کیا کہتی رہی۔ ہزاروں باتیں سب کو سنائیں اور آج آواز ہے کہ نکلتی ہی نہیں!

میں نے اپنی ہمسائی کی طرف مڑ کر کہا۔

"شریمتی جی یہ کوئی مہا سبھا کا اکھاڑا ہے کہ آپ داؤ پیچ دکھانے لگیں۔ مانا کہ آپ اسٹیشن ماسٹر کی بیوی ہیں اور شاید کسی کنیا پاٹ شالہ کی تعلیم یافتہ بھی ہوں لیکن آپ کو شرم نہیں آتی کہ ایک بے قصور چھوٹی بچی پر آپ نے ہاتھ اٹھایا۔"

انہوں نے جواب دینے کو منہ کھولا ہی تھا کہ میں پھر زور سے چیخی۔

"خاموش! اگر تم میں شرم ہو تو ڈوب مرو۔"

اس کے بعد بڑھیا کی طرف مخاطب ہوئی اور دانت پیس کر کہا۔

"بڑی بی! افسوس ہے کہ نہ ہوئیں تم میری اماں ورنہ میں تمہارا گلا اپنے ہاتھ سے گھونٹ دیتی۔ تمہاری جیسیوں کو تو زندہ دفن کر دینا چاہیئے۔ یہ گوشت اس

طرح پھینکنے کے کیا معنی تھے؟ کیا کوئی ہولی تھی کہ تم رنگ اچھالنے لگیں؟"

بڑی بی اپنے سلوٹوں سے بھرے ہوئے سوکھے منہ اور چندھی آنکھوں کو ایک عورت کی طرف موڑ کر بولیں۔

"کیا کہہ رہی ہے؟"

میں جل کر چیخی، "کم بخت، بہری بھینڈ، تجھے اس بڑھاپے میں جہاد کی کیا سوجھی؟"

دیکھنے کے قابل سین تھا۔ ہر عورت اسی طرح بال بکھیرے جیسی کی تیسی وہیں بیٹھی تھی اور اب میدان میرے ہاتھ میں تھا۔ ہر ایک کی آنکھ میری طرف تھی اور میں تھی کہ ایک خوفناک ہاتھی کی طرح چنگھاڑے جاتی تھی۔ "تم کو کیا ضرورت تھی کہ چلتی عورت کا دوپٹہ کھینچ لیا۔ چھو گیا تھا! تم کہاں کی ایسی اچھوت ہو؟ کھدر کی دھوتی پہن کر گاندھی جی کی چیلی بنی ہیں۔"

میں نے محسوس کیا کہ اب میں بھی انہیں عورتوں کی زبان میں بات کر رہی تھی۔ نہ معلوم کیا کیا لفظ تھے جو میری زبان سے اس وقت نکل رہے تھے میں خود اپنی فصاحت پر حیران تھی۔

"آخر تم کیوں اس طرح چلتی ہو! کیا ریل تمہاری ہے۔ اگر دوسرے لوگ تمہیں چھونا پسند نہیں کرتے تو تم بھی ان کو نہ چھوؤ۔ لیکن دوسروں پر زبردستی کے کیا معنی؟"

رفتہ رفتہ میرا غصہ بھی دھیما ہو رہا تھا اور عورتیں بھی ہوش میں آ رہی تھیں۔ اب میں اور چال چلی۔

"آنے دو اسٹیشن کو میں ضرور پولیس میں رپورٹ لکھواؤں گی، جب بندھی بندھی پھروگی تب مزہ آئے گا۔"

ایک ہمت کر کے بولیں، "رہنے بھی دو مس صاحب جی۔ آپس میں لڑائی جھگڑا ہو ہی جاتا ہے۔ پولیس میں نہ لکھوانا ورنہ بڑی آفت آئے گی۔

میں تو ضرور لکھواؤں گی۔ خود لڑیں تو لڑیں آخر میرے اوپر کیوں گریں اور انہوں نے میرے بال کیوں نوچے۔ ایسی آسانی سے نہ چھوٹو گی۔"

"مس صاحب! بہو بیٹیوں کی عزت تمہارے ہاتھ ہے۔ اب جو غلطی ہو گئی اس کو جانے دو۔" ادھیڑ مسلمان نے میری خوشامد شروع کی۔

"کیوں جانے دوں۔ یہ سب کیا دھرا تمہارا ہے۔ تم اتنی دیر سے اپنی لڑکیوں کو اکسا رہی تھیں۔ جو تم ڈانٹ دیتیں تو یہ نوبت ہی کیوں آتی۔ بیڈھنگی، بددماغ، لڑاکی۔ تم نے میرے بال نوچے میں تمہیں اس آسانی سے نہ چھوڑوں گی۔"

شریمتی یہ سن کر زور سے ہنسیں اور جھک کر ایک ہندو سے کچھ کہنا چاہتی تھیں کہ میں بیچ میں بول پڑی۔

"آپ کون سی بہتر ہیں۔ آپ نے مجھے لڑائی میں شریک ہونے کو ابھارا، جو میں نہیں اٹھی تو جان کر میرے اوپر گریں۔ تا کہ میں ضرور شریک ہوں۔ آپ بھی اتنی دیر سے ہندوؤں کو اکسا رہی تھیں۔ لیڈری کا شوق ہے تو بازار میں جا کر کیجئے۔ یہ آپ کے تیج میں لکھا ہے کہ جہاں مسلمان دیکھو گتھ جاؤ۔ اب آپ اسٹیشن ماسٹر کی بیوی ہوں یا کوئی اور میں آپ کا نام بھی ضرور لکھواؤں گی۔"

میں گھڑی گھڑی اپنے سر کو پکڑتی تھی اور جان کر ہائے وائے بھی کرتی جاتی

تھی۔ اب میں بیٹھ گئی تھی۔ ہندو مسلمان کیمپ اور کچھ برابر میری خوشامد کر رہی تھیں کہ اب زیادہ نہ بگڑوں اور پولیس سے کچھ نہ کہوں۔

میں نے اخیر میں یہ فیصلہ کیا کہ ادھیڑ مسلمان، شریمتی، بلاقن اور ہندو لڑکی جس پر پانی گرا تھا ایک دوسرے سے معافی مانگیں اور توبہ کریں اور ہاں بڑھیا کھڑی ہو کر اور ہاتھ جوڑ کر ہندوؤں سے معافی مانگے۔

ادھیڑ عورت گاؤں کی رہنے والی جس نے اپنی ساری عمر میں کبھی معافی کا لفظ نہ سنا تھا۔ بہت سٹ پٹائی اور چپکے بیٹھی رہی۔ میں نے ڈرایا۔

"تمہاری مرضی، نہ مانگو۔ تم جانتی ہو کہ میں کیا کروں گی۔ بار بار کہنے سے کیا فائدہ؟"

اس نے اپنی ہمت بڑھانے کی خاطر اپنی مسلمان بہنوں کی طرف دیکھا۔ منظر بدل گیا تھا۔ سب اپنی اپنی چوٹیں بھول کر اس نئے طرز کو دیکھنے کی خواہش مند تھیں۔ اور میں تھی

کہ بغیر مسکرائے موت کی طرح زبردست تھی۔ دو ایک لڑکیوں نے ہمت دلانے کو سر ہلا دیئے۔ یہ عورت کھڑی ہو گئی۔ جیسے ایک بچہ جب سبق بھول جاتا ہے تو کچھ جھینپی اور کچھ ڈری ادا سے واپس اپنی جگہ پر بیٹھ جاتا ہے۔ اسی طرح یہ چاروں طرف دیکھ کر بیٹھ گئی۔ میں نے اس کی طرف دیکھا تو پھر جلدی سے کھڑی ہو گئی۔

"معافی دو۔ معافی دو۔ معافی دو!"

میں نے کہا، "ٹھہرو۔ کیا آپ سب نے معاف کر دیا؟"

"ہاں جی، جی ہاں۔" کی آوازیں آئیں۔

"شریمتی جی اب آپ کی باری ہے۔"

"کیوں؟ کوئی آپ گورنامنٹ ہیں؟" انہوں نے علم بغاوت پھر بلند کیا۔

"جی افسوس ہے کہ میں گورنمنٹ نہیں ہوں، آپ اپنے کئے پر شرمندہ نہیں ہیں تو خیر، آپ کے شوہر ریل میں نوکر ہیں۔ آپ کی رپورٹ ہوگی تو ان کی خبر لی جائے گی۔"

پتہ کی سن کر کچھ راضی سی ہوئیں اور ساتھ ہی ایک ہندو بہن کی آواز۔

"بہن جی کھڑی بھی ہو جاؤ۔"

سنکر کھڑی ہو گئیں اور نیم مردہ آواز میں بولیں۔

"سب بہنیں میری خطا معاف کریں۔" اور جلدی سے بیٹھ گئیں۔

اب میری نگاہ بلاقن پر پڑی۔ اس کی ناک سے خون نکل رہا تھا اور وہ پہلے ہی سے کھڑی تھی۔ اپنا ہاتھ بڑھا کر بولی، "بہن دو منٹ کا سفر ہے۔ لڑائی دنگے سے کیا فائدہ؟ میرے دوپٹہ سے جب اتنا چھوت ہے۔ تو میرے ہاتھ کو تم کب چھوؤ گی۔ خیر مجھے معاف کرو۔ میری ہی غلطی تھی۔" ایک ایسی بات ہوئی جس کی مجھے بالکل امید نہ تھی۔ وہ ہندو عورت جو گاڑھے کی ساڑھی میں تھی، اس سے لپٹ گئی اور رونے لگی!

عورتیں بھی کیا ہیں۔ ذرا میں کچھ اور ذرا میں کچھ۔ ابھی تو دوپٹہ کے آنچل چھو جانے پر لڑائی تھی اور اب گلے مل کر رو رہی تھیں۔

اسٹیشن آنے لگا تھا۔ سب اپنے اپنے اسباب کو جو لڑائی میں تتر بتر ہو گیا تھا جمع

کرنے لگیں۔ لیکن یہ دونوں لڑکیاں گلے میں ہاتھ ڈال کر دیر تک روتی رہیں اور ان دونوں کے ملاپ میں ہم ایسے محو ہوئے کہ اس خرانٹ بڑھیا کو بالکل بھول گئے۔

ذرا دیکھنا خط لکھنے بیٹھی تھی کہ سارا ریل کا قصہ لکھ گئی۔ خیر اب تو جو کچھ کہنا ہے آگر ہی کہوں گی۔ لکھنا تو بہت تھا لیکن اب تو یہ کافی ہے کہ کالج میں دھیان ہے۔ خاص کر باسکٹ بال کے میچ میں۔

مکرر۔ ہاں یہ ضرور لکھنا اور جلدی کہ تم سب کے لئے کیا لاؤں؟

تمہاری زبیدہ

***

۴

دلی کی سیر

"اچھی بہن ہمیں بھی تو آنے دو" یہ آواز دالان میں سے آئی، اور ساتھ ہی ایک لڑکی کرتے کے دامن سے ہاتھ پونچھتی ہوئی کمرے میں داخل ہوئی۔

ملکہ بیگم ہی پہلی تھیں جو اپنی سب ملنے والیوں میں پہلے پہل ریل میں بیٹھی تھیں۔ اور وہ بھی فرید آباد سے چل کر دہلی ایک روز کے لیے آئی تھیں محلہ والیاں تک ان کی داستان سفر سننے کے لیے موجود تھیں۔

"اے ہے آنا ہے تو آؤ! میرا منہ تو بالکل تھک گیا۔ اللہ جھوٹ نہ بلوائے تو سینکڑوں ہی بار تو سنا چکی ہوں۔ یہاں سے ریل میں بیٹھ کر دلی پہنچی اور وہاں ان کے ملنے والے کوئی نگوڑے اسٹیشن ماسٹر مل گئے۔ مجھے اسباب کے پاس چھوڑ یہ رفو چکر ہوئے اور میں اسباب پر چڑھی برقعہ میں لپٹی بیٹھی رہی۔ ایک تو کمبخت برقعہ، دوسرے مردوے۔ مرد تو ویسے ہی خراب ہوتے ہیں، اور اگر کسی عورت کو اس طرح بیٹھے دیکھ لیں تو اور چکر پر چکر لگاتے ہیں۔ پان کھانے تک نوبت نہ آئی۔ کوئی کمبخت کھانسے، کوئی آوازے کسے، اور میرا ڈر کے مارے دم نکلا جائے، اور بھوک وہ غضب کی لگی ہوئی کہ خدا کی پناہ! دلی کا سٹیشن کیا ہے بوا قلعہ بھی اتنی بڑا نہ ہو گا۔

جہاں تک نگاہ جاتی تھی اسٹیشن ہی اسٹیشن نظر آتا تھا اور ریل کی پٹریاں، انجن اور مال گاڑیاں۔ سب سے زیادہ مجھے ان کالے کالے مردوں سے ڈر لگا جو انجن میں رہتے ہیں۔

"انجن میں کون رہتے ہیں؟" کسی نے بات کاٹ کر پوچھا۔

"کون رہتے ہیں؟ نہ معلوم بوا کون! نیلے نیلے کپڑے پہنے، کوئی داڑھی والا، کوئی صفاچٹ۔ ایک ہاتھ سے پکڑ کر چلتے انجن میں لٹک جاتے ہیں دیکھنے والوں کا دل سن سن کرنے لگتا ہے۔ صاحب اور میم صاحب تو بوا دلی اسٹیشن پر اتنے ہوتے ہیں کہ گنے نہیں جاتے۔ ہاتھ میں ہاتھ ڈالے گٹ پٹ کرتے چلے جاتے ہیں۔ ہمارے ہندستانی بھائی بھی آنکھیں پھاڑ پھاڑ کر تکتے رہتے ہیں۔ کمبختوں کی آنکھیں نہیں پھوٹ جاتیں۔ ایک میرے سے کہنے لگا" ذرا منہ بھی دکھادو۔"

میں نے فوراً۔۔۔

"تو تم نے کیا نہیں دکھایا؟" کسی نے چھیڑا۔

"اللہ اللہ کرو بوا۔ میں ان موؤں کو منہ دکھانے گئی تھی۔ دل بلیوں اچھلنے لگا" تیور بدل کر "سننا ہے تو بیچ میں نہ ٹوکو۔"

ایک دم خاموشی چھاگئی۔ ایسی مزیدار باتیں فرید آباد میں کم ہوتی تھیں اور ملکہ کی باتیں سننے تو عورتیں دور دور سے آتی تھیں۔

"ہاں بوا سودے والے ایسے نہیں جیسے ہمارے ہاں ہوتے ہیں۔ صاف صاف خاکی کپڑے اور کوئی سفید، لیکن دھوتیاں کسی کسی کی میلی تھیں ٹوکرے لیے پھرتے ہیں، پان، بیڑی، سگریٹ، دہی بڑے، کھلونا ہے کھلونا، اور مٹھائیاں چلتی ہوئی

گاڑیوں میں بند کیے بھاگے پھرتے ہیں۔ ایک گاڑی آکر رکی۔ وہ شور غل ہوا کہ کانوں کے پردے پھٹے جاتے، ادھر قلیوں کی چیخ پکار ادھر سودے والے کان کھائے جاتے تھے، مسافر ہیں کہ ایک دوسرے پر پلے پڑتے ہیں اور میں بچاری بیچ مُس اسباب پر چڑھی ہوئی۔ ہزاروں ہی تو ٹھوکریں دھکے کھائے ہوں گے۔ بھئی جل تو جلال تو آئی بلا کو ٹال تو، گھبرا گھبرا کر پڑھی رہی تھی۔ خدا خدا کر کے ریل چلی تو مسافر اور قلیوں میں لڑائی شروع ہوئی،

"ایک روپیہ لوں گا۔"

"نہیں، دو آنہ ملیں گے۔"

ایک گھنٹہ جھگڑا ہوا جب کہیں اسٹیشن خالی ہوا۔ اسٹیشن کے شہدے تو جمع ہی رہے۔ کوئی دو گھنٹہ کے بعد یہ مونچھوں پر تاؤ دیتے ہوئے دکھائی دیئے اور کس لا پرواہی سے کہتے ہیں، "بھوک لگی ہو تو کچھ پوریاں ووریاں لا دوں، کھاؤ گی؟ میں تو ادھر ہوٹل میں کھا آیا۔"

میں نے کہا کہ، "خدا کے لیے مجھے میرے گھر پہنچا دو، میں باز آئی اس موئی دلی کی سیر سے۔ تمہارے ساتھ تو کوئی جنت میں بھی نہ جائے، اچھی سیر کرانے لائے تھے۔" فرید آباد کی گاڑی تیار تھی اس میں مجھے بٹھا اور منہ پھلا لیا کہ، "تمہاری مرضی، سیر نہیں کرتیں تو نہ کرو!"

***

۵

افطار

روزہ دار روزہ کھلوادے، اللہ تیرا بھلا کرے گا۔ کی صدائیں ڈیوڑھی سے آئیں۔ ڈپٹی صاحب کی بیگم صاحبہ جن کا مزاج پہلے ہی سے چڑچڑا تھا بولیں، "نامعلوم کم بخت یہ سارے دن کہاں مر جاتے ہیں۔ روزہ بھی تو چین سے نہیں کھولنے دیتے!"

"اللہ تیرا بھلا کرے گا!" کی کانپتی آواز پھر گھر میں پہنچی۔

"نصیباً، اری او نصیباً! دیکھ وہاں قفلی میں کچھ جلیبیاں پرسوں کی بچی ہوئی رکھی ہیں فقیر کو دے دے۔"

نصیباً نے پوچھا کہ "اور بھی کچھ؟"

"اور کیا چاہئے! سارا گھر اٹھا کر نہ دے دے۔"

نصیباً دوپٹہ سنبھالتی ہوئی اندر چلی گئی۔ برآمدے میں تخت پر بیگم صاحبہ بیٹھی تھیں۔ دستر خوان سامنے بچھا تھا جس پر چند افطاری کی چیزیں چنی ہوئی تھیں اور کچھ ابھی تلی جارہی تھیں۔ منٹ منٹ میں گھڑی دیکھ رہی تھیں کہ کب روزہ کھلے اور کب وہ پان اور تمباکو کھائیں۔ ویسے ہی بیگم صاحبہ کا مزاج کیا کم تھا لیکن رمضان میں

تو ان کی خوش مزاجی نوکروں میں ایک کہاوت کی طرح مشہور تھی۔ سب سے زیادہ آفت بے چاری نصیباً کی آتی ہے۔ گھر کی پلی چھوکری تھی۔ بیگم صاحبہ کے سوا دنیا میں اس کا کوئی نہ تھا اور بیگم صاحبہ اپنی اس مامتا کو نصیباً کی اکثر مرمت کر کے پورا کر لیا کرتی تھیں، حالانکہ گرمی رخصت ہو گئی تھی لیکن پھر بھی ایک پنکھا بیگم صاحبہ کے قریب رکھا رہتا تھا، جو ضرورت کے وقت نصیباً کی خبر لینے میں کام آتا تھا۔

"ارے کیا وہیں مر گئی! نکلتی کیوں نہیں!" نصیباً نے جلدی سے منہ پونچھا جلیبیاں لے کر ڈیوڑھی کی طرف چلی۔

"ادھر تو دکھا، کتنی ہیں؟"

نصیباً نے آکر ہاتھ پھیلا دیا۔ اس میں صرف دو جلیبیاں تھیں۔

"دو!" بیگم صاحبہ زور سے چیخ پڑیں، "اری اجڑی اس میں تو زیادہ تھیں۔ ادھر تو آ، کیا تو کھا گئی؟"

"جی نہیں" نصیباً منہ ہی منہ میں منمنائی۔ لیکن بیگم صاحبہ کی ایکسرے نگاہوں نے جلیبی کے ٹکڑے نصیباً کے دانتوں میں لگے دیکھ ہی لئے۔ بس پھر کیا تھا آؤ دیکھا نہ تاؤ، پنکھا اٹھا کر پھیل ہی تو پڑیں، "حرامزادی، یہ تیرا روزہ ہے! قطامہ! تجھ سے آدھ گھنٹے اور نہ صبر کیا گیا۔ ٹھہر تو! میں تجھے چوری کا مزا چکھاتی ہوں۔"

"اللہ تیرا بھلا کرے گا اپاہج کا روزہ کھلوا دے۔"

"اب نہیں۔ اچھی بیگم صاحب اب نہیں۔ اللہ بیگم صاحب معاف کیجئے، اچھی بیگم صاحب۔ اچھی۔۔۔"

نصیباً گڑگڑانے لگی۔

"اب نہیں، اب نہیں کیسی۔ ٹھہر تو تو! مردار تیرا دم ہی نہ نکال کر چھوڑا ہو روزہ توڑنے کا مزہ!"

"تیرے بال بچوں کی خیر! روزہ دار کا روزہ!"

جب بیگم صاحبہ بے دم ہو کر ہانپنے لگیں تو نصیباً کو دھکا دے کر بولیں، "جا کم بخت! جا کر فقیر کو یہ جلیبیاں دے آ، بے چارہ بڑی دیر سے چیخ رہا تھا۔ اور لے یہ دال بھی۔"

بیگم صاحبہ نے تھوڑی سی دال نصیباً کی مٹھی میں ڈال دی۔ نصیباً سسکیاں بھرتی ہوئی ڈیوڑھی پر گئی۔ دو جلیبیاں اور دال فقیر کو دے آئی۔

نئی سڑک جو شاید کبھی نئی ہو، اب تو پرانی اور ردی حالت میں تھی اس کے دونوں طرف گھر تھے۔ بس کہیں کہیں کوئی مکان ذرا اچھی حالت میں نظر آ جاتا تھا۔ زیادہ تر مکان پرانے اور بوسیدہ تھے۔ جو اس محلے کی گری ہوئی حالت کا پتہ دیتے تھے۔ یہ سڑک ذرا چوڑی تھی جس کو رنگریز، دھوبی، جلاہے اور لوہار وغیرہ علاوہ چلنے پھرنے کے آنگن کی طرح استعمال کرنے پر مجبور تھے۔ گرمیوں میں اتنی چارپائیاں بچھی ہوتی تھیں کہ یکہ بھی مشکل سے نکل سکتا تھا۔

اس محلہ میں زیادہ تر مسلمان آباد تھے، علاوہ گھروں کے یہاں تین مسجدیں تھیں۔ ان مسجدوں کے ملاؤں میں ایک قسم کی بازی لگی رہتی تھی کہ کون ان جاہل غریبوں کو زیادہ الو بنائے اور کون ان کی گاڑھی کمائی میں سے زیادہ ہضم کرے۔ یہ ملا بچوں کو قرآن پڑھانے سے لے کر جھاڑ پھونک، تعویذ، گنڈا، غرض کہ ہر ان طریقوں کے استاد تھے کہ جن سے وہ ان جلاہوں اور لوہاروں کے بے وقوف بنا

سکیں۔ یہ تین بے کار اور فضول خاندان ان محنت کرنے والے انسانوں کے بیچ میں اس طرح رہتے تھے کہ جس طرح گھنے جنگلوں میں دیمک رہتی ہے اور آہستہ آہستہ درختوں کو چاٹتی رہتی ہے۔ یہ ملا سفید پوش تھے اور ان کے پیٹ پالنے والے میلے اور گندے تھے۔ یہ ملا صاحبان سید اور شریف زادے تھے اور یہ محنت کش رذیل اور کمینوں سے گنے جاتے تھے۔

اس محلے میں ایک ٹوٹا ہوا مکان تھا۔ نیچے کے حصہ میں کباڑی کی دوکان تھی اور اوپر کوئی پندرہ بیس خان رہتے تھے۔ اوپر کی منزل کا بارجہ سڑک کی جانب کھلتا تھا۔ یہ خان سرحد کے رہنے والے تھے اور سب کے سب سود پر روپیہ چلاتے تھے۔ یہ لوگ حد سے زیادہ گندے تھے محلے والے تک ان سے بہت ڈرتے تھے۔ ایک تو زیادہ تر لوگ ان کے قرضدار تھے، دوسرے ان کی نگاہ ایسی بری تھی کہ اکیلی عورت کی ہمت ان کے گھر کے سامنے سے ہو کر نکلنے کی نہ ہوتی تھی۔ دن بھر ان کے گھر میں تالا پڑا رہتا تھا۔ شام کو جب یہ لوگ واپس آتے تو ایک چھوٹی دیگ میں گوشت ابال لیتے۔ بازار سے نان لے کر اسی ایک برتن میں ہاتھ ڈال کر کھانا کھا لیتے اور چھوڑی ہوئی ہڈیاں نیچے سڑک پر پھینکتے جاتے۔ جب ان کے کھانے کا وقت ہوتا تو شام کو بہت سے کتے جمع ہو جاتے اور دیر تک غر غر بھوں بھوں کی آوازیں آتی رہتیں۔

اپنا پیٹ بھر کر یہ خان بہی کھاتے کھول کر بیٹھ جاتے۔ حساب کتاب کرنے لگتے۔ پھر کچھ اپنے کمبل بچھا کر اور حقہ لے کر سونے کو لیٹ جاتے اور چند منچلے شہر کی مٹر گشت کو نکل کھڑے ہوتے۔

نماز روزوں کا ایک سود کھانے والا خان بڑا پابند ہوتا ہے اور اپنے کو سچا مسلمان سمجھتا ہے حالانکہ اس کے مذہب نے سود لینے کو بالکل منع کیا ہے لیکن یہ سود کو نفع کہہ کر ہضم کر جاتا ہے اور اپنے خدا کے حضور میں اپنی عبادت (پوجا) ایک رشوت کی شکل میں پیش کرتا رہتا ہے۔ آج کل رمضان تھا تو سب خان بھی روزہ رکھے ہوئے تھے اور افطار کے خیال سے جلدی گھر لوٹ آتے تھے۔ ان کا دل بہلانے کا ایک طریقہ یہ بھی تھا کہ اپنے چھجے پر کھڑے ہو کر سڑک کی سیر کریں اور کوئی اکا دکا عورت گزرے تو اس پر آوازے کسیں۔ ان کے سامنے کا جو گھر تھا اس کی کھڑکیاں تو کبھی کھلتی ہی نہ تھیں۔ کبھی کبھار روشنی سے پتہ چلتا تھا کہ پھر کوئی کرایہ دار آگیا ہے۔ آخر کو ایک دن چھکڑے اور تانگے آتے اور گھر پھر خالی ہو جاتا۔

ایک دن اصغر صاحب گھر تلاش کرتے پھرتے تھے۔ اس گھر کو بھی دیکھا۔ اس وقت خان باہر گئے ہوئے تھے۔ گھر میں تالا پڑا ہوا تھا۔ اصغر صاحب نے گھر کو پسند کیا۔ خاص کر کرایہ کو۔ قلعی وغیرہ ہو جانے پر مع اپنی بیوی، بچے اور ماں کے گھر آ گئے۔ ان کی بیوی نسیمہ کو گھر بہت پسند آیا۔ اگر آس پاس کا محلہ گندہ اور بوسیدہ حالت میں ہے تو ہوا کرے لیکن بیس روپیہ میں اتنا بڑا مکان کہاں ملا جاتا تھا۔ اس نے گھر کو فوراً سجانے اور ٹھیک کرانے کا ارادہ کر لیا۔ شام کو وہ اپنی کھڑکی میں سے جھانک کر باہر سڑک پر بچوں کی بھاگ دوڑ دیکھ رہی تھی کہ اس کی ساس بھی آ کھڑی ہوئی اور باہر دیکھنے لگیں اور ایک دم "اوئی" کہہ کر پیچھے ہٹ گئیں۔

"اے دیکھ تو ان موٹے مسٹنڈے خانوں کو۔ پھوٹیں ان کے دیدے۔ ادھر دیکھ دیکھ کر کیسے ہنس رہے ہیں!"

نسیمہ نے نگاہ موڑی دیکھا کہ کئی خان اپنے چھجے پر دانت نکالے اس کی طرف گھور رہے ہیں۔ نسیمہ کے ادھر دیکھتے ہی خانوں کی فوج میں ایک حرکت ہوئی اور وہ زور زور سے باتیں کرنے لگے۔ شکر تو یہ تھا کہ ان کا گھر ذرا ترچھا تھا لیکن پھر بھی سامنا خوب ہوتا تھا۔

"اے دلہن کھڑکی بند کر کے ہٹ جاؤ۔ یہ کیسا بے پردہ گھر اصغر نے لیا ہے۔ میں تو یہاں دو روز تک نہیں ٹک سکتی۔"

نسیمہ نے جواب نہیں دیا اور خانوں کی آنکھوں میں آنکھیں ڈال کر برابر دیکھتی رہی۔ ساس وہاں سے بڑبڑاتی ہوئی چلی گئیں، "مردوں کو کون کہے جب عورتیں ہی شرم نہ کریں۔"

اصغر اور نسیمہ کی زندگی میں اب سے نہیں کچھ عرصہ سے رکاوٹ پیدا ہو گئی تھی۔ ان دونوں کی منگنی بچپن میں ہی ہو گئی تھی۔ جیسے جیسے بڑھتے گئے پردہ بھی بڑھتا گیا مگر آنکھ مچولی جیسے اپنے ہاں اکثر منگیتروں میں ہوتی ہے ان میں بھی ہوتی رہی، نوبت یہاں تک پہنچی ہوئی تھی کہ چھپ چھپ کر خط بھی لکھا کرتے تھے۔

اصغر جب کالج میں پڑھتا تھا تو نوجوانی کا زمانہ تھا۔ طبیعت میں جوش تھا اور ان لڑکوں کا ساتھی تھا جو ملک کی آزادی کا درددل میں رکھتے تھے۔ اس کی جوشیلی تقریریں اور ویاکھیاں انگریزوں کے ظلم، زمینداروں کی بے گار، کسانوں کی مصیبت، سرمایہ داروں کی لوٹ اور مزدوروں کے سنگٹھن کے بارے میں بہت مشہور تھیں۔ بولنے والا غضب کا تھا، وڈیارتھیوں کی دنیا میں وہ ہر جگہ مشہور تھا۔ دیش کو اس سے بہت آشائیں تھیں اور نسیمہ کو اس سے بھی زیادہ۔ اصغر اپنی کالج کی

زندگی کی سب باتیں نسیمہ کو لکھا رہتا اور جب وہ اخبار میں اس کا نام دیکھتی تو نسیمہ کا سر غرور سے اونچا ہو جاتا۔ اس کی کسی سہیلی کا بھائی یا منگیتر ایسا دیش بھگت نہیں تھا۔ نسیمہ نے بھی اپنے کو ایک نئی زندگی کے لئے تیار کرنا شروع کیا۔

عقلمند کو اشارہ کافی۔ ہوشیار لڑکی تھی وہ اپنے سماج کے روگوں کو اچھی طرح سمجھنے لگی اور ساتھ ہی ان کو سدھارنے کی تصویریں بھی اپنے دماغ میں کھینچنے لگی۔ دیش کو آزاد کرنے اور اس کو سکھ پہنچانے کے لئے وہ ہر قسم کا بلیدان کرنے کی تیاری کرنے لگی۔ آزادی کے نام سے اس کو عشق ہو گیا تھا۔ وہ اس پر اپنی جان بھی قربان کر سکتی تھی۔

جیسے ہی اصغر نے بی۔ اے کیا دونوں کی شادی ہو گئی اور ساتھ رہنے سے نسیمہ کو پتہ چلا کہ اصغر کی روشن خیالی ایک چھوٹے سے دائرے کے اندر بند ہے انہوں نے اتنا تو ضرور کیا کہ اپنے چند دوستوں سے بیوی کو ملوا دیا تھا۔ ان لوگوں سے بات چیت کرنے کے بعد نسیمہ کی سوچ اور سمجھ میں زیادہ ترقی ہو گئی اور اس کو خود آگے بڑھ کر کام کرنے کی خواہش ہوئی۔

ایک طرف تو نسیمہ کا شوق اور جوش بڑھ رہا تھا اور دوسری طرف اصغر آہستہ آہستہ ڈھیلے پڑتے جاتے تھے۔ کہتے کچھ تھے اور کرتے کچھ تھے۔ جس آسانی کے ساتھ دوستوں کے ساتھ بہانے بازی کر سکتے تھے، نسیمہ کے ساتھ نہیں کر پاتے تھے۔ کبھی کہتے تھے کہ ابھی تو ہمارے ہاں بچہ ہونے والا ہے! پھر یہ کہ بچہ چھوٹا ہے۔ کبھی کہا کہ وکالت ختم کر لینے دو، وکالت ختم بھی نہ کی تھی کہ نوکر ہو گئے۔ نوکری بھی کی تو سرکاری اور اپنے پرانے دوستوں سے الگ ہونے لگے۔

آخر کب تک نسیمہ سے اپنے دل کا حال چھپا سکتے تھے۔ باہر تو بیوی بچوں کا بہانہ تھا لیکن گھر میں کیا کہتے۔ نسیمہ بھی سمجھ گئی کہ یہ کرنے دھرنے والے تو کچھ ہیں نہیں۔ صرف باتیں بنانے کے ہیں۔ جب کبھی پرانے دوست اتفاق سے مل جاتے تو پھر اصغر صاحب وہی زبانی جمع خرچ شروع کر دیتے اور اپنی غیر سیاسی زندگی کو ایک مصیبت بنا کر دوستوں کے سامنے پیش کر دیتے اور سب یہی خیال کرتے کہ نسیمہ ہی ان کو بہکانے کی ذمہ دار ہے۔ میاں کی اس موقع پرستی سے دونوں کے دلوں میں گرہ پڑ گئی اور نسیمہ نے ایک خاموشی اختیار کر لی۔

اب تو اصغر کے دوست ڈھیلے ڈھالے قسم کے وکیل اور سرکاری ملازم تھے اور جن میں سی۔ آئی۔ ڈی والے بھی شامل تھے۔ نسیمہ کے پاس اکیلے بیٹھتے ہوئے انہیں ایک الجھن سی ہوتی تھی، کیونکہ اصغر کے دل میں ایک چور تھا اور جانتے تھے کہ اس چور کا پتہ نسیمہ کو خوب اچھی طرح معلوم ہے۔ نسیمہ کی ہر بات ان کو ایک طعنہ نظر آتی تھی۔ اس کی سرد خاموشی سے ان کو ایک جھنجھلاہٹ آ جاتی تھی اور ان کا دل چاہتا تھا کہ وہ نسیمہ کے خوبصورت چہرے پر ایک روز کا تھپڑ مار بیٹھیں۔ اگر نسیمہ ان سے لڑتی، باتیں سناتی اور طعنہ دے دے کر ان کے دل کو چھلنی کر دیتی تو اتنی تکلیف نہ ہوتی جتنی کہ اصغر کو اس کی خاموش حقارت سے ہوتی تھی۔

افطار کا وقت قریب تھا۔ سب خان دریچہ میں موجود تھے۔ کچھ کھڑے تھے کچھ چائے پکار رہے تھے۔ نسیمہ بھی معہ اسلم کے اپنی کھڑکی میں سے جھانک رہی تھی۔ اب دو مہینے کے قریب ان کو اس گھر میں آئے ہوئے ہو گئے تھے، خان اس کی صورت اور لاپروائی کے عادی ہو چکے تھے۔ اب خواہ نسیمہ وہاں گھنٹوں گھڑی رہے

خان اس کی طرف دھیان نہ دیتے تھے۔ اس وقت بھی ان کی آنکھیں اور کان قریب کی مسجد کی طرف لگے ہوئے تھے۔

افطار میں ابھی دیر باقی تھی کہ ایک بڈھا فقیر گلی میں سے نکل کر سڑک پر آیا۔ جس طرح وہ ٹٹولتا ہوا چل رہا تھا اس سے ظاہر تھا کہ وہ اندھا بھی ہے، اس کے سارے جسم میں رعشہ تھا۔ جس لکڑی کے سہارے وہ چل رہا تھا وہ ابھی مشکل سے تھام سکتا تھا۔ اس کی مٹھی میں کوئی چیز تھی جو اس کے ہاتھوں کے کانپنے کی وجہ سے دکھائی نہ دیتی تھی۔ وہ آہستہ آہستہ بڑھ کر نسیمہ کے گھر کے سامنے ایک دیوار سے ٹیک لگا کر کھڑا ہو گیا۔

"دیکھو اماں، اس فقیر کے ہاتھ میں کیا ہے؟"

نسیمہ نے غور سے دیکھ کر کہا، "کچھ کھانے کی چیز معلوم ہوتی ہے۔"

"کھا کیوں نہیں لیتا؟"

"روزے سے ہو گا۔ شاید اذان کا انتظار کر رہا ہو گا"

"اماں تم روزہ نہیں رکھتیں؟"

نسیمہ نے مسکرا کر بیٹے کی طرف دیکھا۔ "نہیں"

"ابا نے داروغہ جی سے کیوں کہا تھا کہ ان کا بھی روزہ ہے؟ کیا ابا نے جھوٹ بولا تھا؟"

نسیمہ نے کچھ دیر سوچ کر جواب دیا، "تم خود ان سے پوچھ لینا۔"

"تو اماں تم روزہ کیوں نہیں رکھتیں؟"

"تم جو نہیں رکھتے!" نسیمہ نے اسلم کو چھیڑا۔

"میں تو چھوٹا ہوں! دادی اماں کہتی ہیں کہ جو بڑا ہو جائے اور روزہ نہیں رکھے وہ دوزخ میں جاتا ہے۔ اماں دوزخ کیا ہوتی ہے؟"

"دوزخ! دوزخ وہ تمہارے سامنے تو ہے۔"

"کہاں؟" اسلم نے چاروں طرف گردن گھما کر دیکھا۔

"وہ نیچے جہاں اندھا فقیر کھڑا ہے، جہاں وہ جلاہے رہتے ہیں اور جہاں رنگریز رہتا ہے اور لوہار بھی۔"

"دادی اماں تو کہتی ہیں دوزخ میں آگ ہوتی ہے۔"

"ہاں آگ ہوتی ہے! لیکن ایسی تھوڑی ہوتی ہے جیسے ہمارے چولہے ہیں۔ دوزخ کی آگ بیٹا بھوک کی آگ ہوتی ہے۔ اکثر وہاں کھانے کو ملتا ہی نہیں اور جو ملتا بھی ہے تو بہت برا اور تھوڑا سا۔ محنت بیو بہت کرنی پڑتی ہے اور کپڑے بھی دوزخ والوں کے پاس پھٹے پرانے پیوند لگے ہوتے ہیں۔ ان کے گھر بھی چھوٹے چھوٹے اندھیرے جوؤں اور کھٹملوں سے بھے ہوتے ہیں اور اسلم میاں دوزخ کے بچوں کے پاس کھلونے بھی نہیں ہوتے۔"

"کلو کے پاس بھی کوئی کھلونا نہیں ہے۔ اماں وہ دوزخ میں جو رہتا ہے۔"

"ہاں!"

"اور جنت؟"

"جنت یہ ہے جہاں ہم اور تم اور چچا اور خالہ جان رہتے ہیں۔ بڑا سا گھر، صاف ستھرا، کھانے کو مزے مزے کی چیزیں، مکھن، توس، پھل، انڈا، سالن، دودھ سب کچھ ہوتا ہے۔ بچوں کے پاس اچھے کپڑے اور کھیلنے کو اچھی سی موٹر ہوتی ہے۔"

"تو اماں سب لوگ جنت میں کیوں نہیں رہتے؟"

"اس لئے میری جان کہ جو لوگ جنت میں رہتے ہیں، وہ ان لوگوں کو گھسنے نہیں دیتے اپنا کام تو کروا لیتے ہیں اور ان کو پھر دوزخ میں دھکا دے دیتے ہیں۔"

"اور وہ اندھے بھی ہو جاتے ہیں؟"

"ہاں بیٹا! دوزخ میں اندھے بہت زیادہ ہوتے ہیں۔"

"تو وہ کھاتے کیسے ہیں؟"

اتنے میں اذان کی آواز آئی اور گولہ چلا۔ خان چائے پر لپکے اور بڈھے فقیر نے جلیبیاں جلدی منہ کی طرف بڑھائیں۔ رعشہ اور بڑھ گیا۔ اس کے ہاتھ زیادہ کانپنے لگے اور سر بھی زور زور سے ہلنے لگا۔ بڑی مشکل سے ہاتھ منہ تک پہنچایا اور جب منہ کھول کر جلیبیاں منہ میں ڈالنے لگا تو رعشہ کی وجہ سے جلیبیاں ہاتھ سے چھوٹ کر زمین پر گر پڑیں۔ ساتھ بڈھا بھی جلدی سے گھٹنوں کے بل زمین پر گر پڑا اور اپنے کانپتے ہاتھوں سے جلیبیاں ڈھونڈھنے لگا۔ ادھر ایک کتا جلیبیوں پر لپکا اور جلدی سے جلیبیاں کھا گیا۔ دوسرے کتے بھی بڑھے۔ بڈھے نے ان کو ڈانٹا۔ کتے اس پر غرانے لگے۔ بڈھا نڈھال ہو کر زمین پر بیٹھ گیا اور بچوں کی طرح بلک بلک کر رونے لگا۔

خان جو ادھر دیکھ رہے تھے۔ انہوں نے یہ سین دیکھ کر ایک قہقہہ لگایا اور بڈھے کی شکل وصورت اور بے چارگی پر ہنس کر لوٹ پوٹ ہو گئے۔

چھوٹا اسلم سہم کر نسیمہ سے چمٹ گیا اور بولا، "اماں!"

اس کے ننھے سے دماغ نے پہلی دفعہ دوزخ کی اصلی تصویر دیکھی تھی۔ نسیمہ

نے خانوں کی طرف غصہ سے دیکھ کر کہا، "یہ کم بخت۔"

اسلم نے پھر دبی ہوئی آواز میں کہا، "اماں۔"

نسیمہ نے جھک کر اس کو گود میں اٹھالیا اور اس کی آنکھوں میں آنکھیں ملا کر جوش سے کہا، "میری جان! جب تم بڑے ہو گے تو اس دوزخ کا مٹانا تمہارا ہی کام ہو گا۔"

"اور ماں تم؟"

"میں بیٹا اب اس قید سے کہاں جا سکتی ہوں۔"

"کیوں؟ ابھی تو تم دادی کی طرح بڈھی نہیں ہوئیں کہ چل نہ سکو۔" ننھے سے اسلم نے ماں کی سنجیدگی کی نقل کرتے ہوئے جواب دیا، "تم بھی چلنا اماں!"

"اچھا میرے لال! تمہارے ساتھ ضرور چلوں گی۔"

***

۶

ساس اور بہو

لو آج صبح ہی سے انہوں نے شور مچانا شروع کر دیا۔

"اے بہن! کیا پوچھتی ہو کہ تمہاری ساس کیوں خفا ہو رہی ہیں۔ ان کی عادت ہی یہ ہے۔ ہر آئے گئے سب کے سامنے میرا رونا لے کر بیٹھ جاتی ہیں۔ ساری دنیا کے عیب مجھ میں ہیں۔ صورت میری بری، پھوہڑ میں، بچوں کو رکھنا میں نہیں جانتی، اپنے بچوں سے مجھے دشمنی، میاں کی میں بیری، غرضیکہ کوئی برائی نہیں جو مجھ میں نہیں اور کوئی خوبی نہیں جو ان میں نہیں۔ اگر میں کھانا پکاؤں تو زبان پر رکھ کر فوراً تھوک دیں گی۔ اور وہ نام رکھیں گی کہ خدا کی پناہ کہ دوسرا ابھی نہ کھا سکے۔ شروع شروع میں تو مجھے کھانا پکانے میں کافی دلچسپی تھی۔ تم جانتی ہو کہ اپنے گھر پر بھی اکثر پکا لیتی تھی اور میری اماں کو اتنا اچھا کھانا پکانا آتا ہے کہ اپنے رشتہ داروں میں ہر جگہ مشہور ہیں۔ یہاں تو جو پکایا اس میں برائی نکلی کہ نمک تو دیکھو زہر، مزا ایسا کہ مٹی کھا لو۔ ایک دن خود ہی بڑے پکائے اتنے برے تھے کہ ہمارے سسر نے کہا کہ ایسے واہیات بڑے کس نے بنائے ہیں۔ خوب بڑبڑائیں کہ تم کو تو بس بہو کے ہاتھ کی چیزیں اچھی معلوم ہوتی ہیں۔ ساری عمر یہی تو پکا پکا کر کھلاتی رہی ہے۔ اب میں کیا

بولتی۔ خوب ہنسے کہ تمہارا صبر پڑا۔ میں نے سوچا کہ کام کرو اور باتیں بھی سنو تو اس سے بہتر نہ ہی کرو۔ کھانے پکانے ہی پر کیا ہے۔

سینے پرونے میں جو کبھی کبھار ایک آدھ چیز درزی سے سلوالوں تو بس پھر سنو۔ مہینوں ہر آئے گئے کے سامنے ہوتا ہے کہ ہماری بہو صاحب تو میم صاحب ہیں وہ تو درزی سے سلواتی ہیں۔ ہر چیز اپنی، بچوں کی، ان کے کرتے، پاجامے خود ہی سی لیتی ہوں لیکن کبھی کبھار کسی نئی قسم کے بلاؤز یا کوٹ کو دل چاہنے لگے تو درزی کو دے دیتی ہوں۔ چھپا کر دیتی ہوں پھر بھی ان کے اتنے مخبر میرے پیچھے لگے رہتے ہیں کہ ہر بات کی خبر کر ہی دیتے ہیں۔ جب میں نئی نئی آئی تھی تو ان کا ایک چکن کا کرتہ میں نے سی دیا تھا۔ ہر ایک کو دکھایا گیا اور برائی کی گئی جو دیکھے چپ ہو جائے۔ اچھے خاصے کرتے کی کوئی کیسے برائی کر دے۔ جب کسی نے برائی نہ کی تو اس کو سارا ادھیڑ ڈالا اور پھر کسی اور سے سلویا۔ دل تو میرا بھی چاہا کہ اب سب کو دکھاؤں لیکن میں یہ کیسے کر سکتی تھی۔ وہ بڑا ہونے اور ساس بننے کا فائدہ اٹھاتی ہیں۔ ہر وقت پڑھا لکھا ہونے کا طعنہ ہے۔ کوئی کتاب میرے ہاتھ میں دیکھیں جو جل جاتی ہیں۔ کسی کو خط لکھتا دیکھ لیں تو سمجھتی ہیں کہ انہیں کی برائی لکھ رہی ہوں۔ کوئی بات ہی ان کو میری پسند نہیں اور سب سے بری بات جو لگتی ہے کہ ہم دونوں میاں بیوی کبھی خوش نہ رہیں۔ کبھی اگر یہ کچھ میرے لئے لے آئیں اور خبر ہو جائے تو جل بھن کر رہ جاتی ہیں اور اٹھتے بیٹھتے ان کو طعنہ ہے کہ تم تو بیوی کے غلام ہو۔ ہر وقت میری برائی ان کے سامنے کرتی ہیں، وہ سنکر ٹال جاتے ہیں۔ کبھی ماں سے بگڑ بھی جاتے ہیں اور کبھی ہنس کر کہہ بھی دیتے ہیں کہ "ہاں بہت بری ہے، اماں میری

دوسری کردو۔" اس وقت تو ان کو باتیں سناتی ہیں کہ "جو تمہارے میں یہ ہمت ہوتی تو یہ سر ہی کیوں چڑھتی؟" اور دوسروں کے سامنے کہتی پھرتی ہیں کہ میرا لڑکا تو اپنی قسمت کو روتا ہے۔ مجھ سے کہتا ہے کہ میری دوسری کردو۔ وہ تو میں ہی ہوں کہ اپنے بچے پر ان بیوی کے لئے ظلم کر رہی ہوں، کوئی دوسری والی ہوتی تو کبھی کا کر دیتی۔ نہ اس کروٹ چین ہے نہ اس کروٹ۔ بچوں کے اوپر لو۔ بالکل ناس ہو گیا ہے جس بات کو میں ہاں کہوں گی یہ نا۔ جس بات کو منع کروں گی یہ ضرور کر کے دیں گے۔ اب باہر کوئی سودے والا پکارے بچے تو ضرور مانگیں گے۔ مجھے یہ سودے والوں سے مکھیوں کا بھنکتا سودا بچوں کو لے کر دینا پسند نہیں۔ میری ضد میں ضرور لے کر دیں گی۔ پچھلے سال برسات میں بڑے لڑکے کو ملائی کی برف کھا کر وہ زور کا بخار چڑھا۔ دو مہینے لئے بیٹھی رہی۔ اس میں بھی لڑائی کہ بچے کو بھوکا مارے دے رہی ہے۔ انجکشن لگوا لگوا کر چھید کر دیئے۔ روز نئے نئے تعویذ آتے تھے اور ساتھ میں مولوی صاحب جھاڑ پھونک کے واسطے لائے جاتے تھے۔ جب کسی طرح نہیں مانیں تو میں بیمار بچے کو اٹھا کر ہوسپٹل لے گئی کہ کچھ تو آرام ملے۔ وہ تو کہو بے چاری ڈاکٹرنی میری دوست ہے ورنہ کون کسی کی بات سنتا ہے۔ یہ وہاں بھی جا کر چار باتیں ڈاکٹروں، نرسوں کو اور دس مجھ کو سنا آتی ہیں۔

بچوں کو وقت پر دودھ دینے کی ہماری ساس ایسی دشمن ہیں کہ کیا بتاؤں۔ وہ کہتی ہیں کہ ماں ہو کر بچوں کی دشمن ہوں، بچے پھڑکتے ہیں اور میں بیٹھی دیکھتی رہتی ہوں اور میرا دل پتھر کا ہے، میں بچوں کو پیدا ہوتے ہی کسی پھل کا عرق یعنی نارنگی یا سیب کا دیتی ہوں جب پہلے بچے کو میں نے دیا تو کھڑی اور بیٹھی پیٹتی تھیں کہ میں

ہرگز نہیں دینے دوں گی۔ یہ تو بچے کو نمونیا کر کے مارنا چاہتی ہے۔ ہمارے سسر بے چارے بڑے نیک ہیں، انہوں نے سمجھایا، جب یہ کسی طرح نہیں مانیں تو مجھے میرے میکے چھوڑ آئے۔ چھ مہینے وہاں رہی پھر یہ جاکر لے آئے۔ مہینوں بات نہیں کی۔ رات کو کہتی تھیں کہ بچے کو اپنے پاس سلاؤ۔ میں الگ سلاتی ہوں تو ظلم کرتی ہوں۔ میرے تو تین بچے ہیں۔ سب پہلے دن سے الگ سوتے ہیں کہ کوئی بھوت پلیٹ چمٹ جائے گا۔ بچے کو اٹھا کر اپنے پاس سلاتی تھیں۔ اور تو اور رات کو دیکھو تو دودھ کٹوری سے بتی ڈال کر پلا رہی ہیں۔ جو میں منع کروں تو اٹھواروں کی ٹھن جاتی ہے۔ ہر بچے پر اسی طرح دق کرتی ہیں۔

مجھ کو گندہ، پھوہڑ نہ معلوم کیا کیا کہتی ہیں۔ ذرا ان کی طرف جاکر دیکھو، ہر طرف پیک پڑی ہوئی، مکھیاں بھنکتی ہوئی، اس کا نام صفائی ہے۔ اگالدان پاس رکھا ہے لیکن صحن میں جب تھوکیں گی تو زمین پر۔ پاس بیٹھتے ہوئے گھن آتی ہے لیکن میں جو ہر چیز جگہ پر رکھتی ہوں، چلمن مکھیوں کی وجہ سے ڈالتی ہوں تو گندی ہوں۔

اب سال بھر سے یہ خفگی کہ چولہا الگ کر لیا۔ اب کوئی کسی وقت بھی دونوں باورچی خانے جاکر دیکھ لے۔ میرے ہاں کبھی نہ ترکاری پھیلی ملے گی نہ برتن۔ سب سے بڑی بات یہ ہے کہ میرے ہاں ایک بھی مکھی نہ ملے گی، ان کے ہاں ہر وقت مکھیوں کی بارات لگی ہے۔ کہتی ہیں کہ میں ہر جگہ میں فنائل ڈال ڈال کر نحوست پھیلاتی ہوں۔ ان کے خیال میں تو سلیقہ کے یہ معنی ہیں کہ نوکروں کو خوب تنگ کرو۔ پیٹ بھر کر کھانے کو نہ دو۔ ہر ایک روٹی اور چاول اور دال کو بیٹھے بیٹھے گنا کرو۔ نوکر بھی تو آدمی ہوتے ہیں۔ دو روز میں گھبرا کر بھاگ جاتے ہیں۔ میں

نوکروں کے کپڑے بناتی ہوں، زبردستی نہلوا کر بدلواتی ہوں تو کہتی ہیں کہ میاں کے روپے کا درد نہیں۔ نوکروں کو بادشاہ بنا رکھا ہے اور ایک الزام یہ بھی ہے کہ ان کے نوکر میرے نوکروں کو دیکھ کر خراب ہوئے جاتے ہیں۔ میں گھر کے سب آدمیوں کو بگاڑ دیتی ہوں۔

اور تو اور گھر میں کوئی آ جائے تو خفا ہوتی ہیں کہ سامنے کیوں ہوتی ہو۔ پردہ کیوں نہیں کرتیں۔ اب ان کے کئی دوست ہیں، جن سے بے تکلفی ہے، بھابی بھابی کرتے ہوئے آ جاتے ہیں۔ ایک آدھ دفعہ ایسا بھی ہوا کہ یہ گھر پر نہ ہوئے، بس قیامت اٹھاتی کہ میم بن گئی ہے۔ مردوں سے ملتی ہے۔ بے شرم ہے نہ معلوم کیا کیا کہا۔ جو میں نے کہا کہ آپ کی لڑکی بھی تو بے پردہ نکلتی ہے۔ اس کا میاں تو زبردستی نکالتا ہے۔ مطلب یہ ہوا کہ وہ تو اتنی نیک ہیں کہ ان کا نکلنے کو دل نہیں چاہتا اور میاں کے ظلم سے باہر نکلتی ہیں۔ میں اتنی خراب ہوں کہ میاں کی مرضی کے خلاف نکلتی ہوں۔ ہر ایک کے سامنے یہی کہتی ہیں کہ اپنی شرم کو غصہ کا گھونٹ پی کر چپ ہو جاتا ہے۔ ہماری نند تو کسی مدرسہ میں بھی نہیں پڑھیں شادی کے بعد میاں نے پڑھوایا، لکھوایا۔ ہر جگہ آتی جاتی ہیں اور ہماری ساس کو بھی اچھی طرح معلوم ہے لیکن چھپا جاتی ہیں۔ پچھلی دفعہ جب آئیں تو میں انے اماں کے سامنے پوچھا کہ سچ بتاؤ کیا زبردستی کی جاتی ہے جب باہر نکلتی ہو یا اپنی مرضی سے۔ وہ بولیں کیوں کیا بات ہے۔ میں تو اپنی مرضی سے نکلتی ہوں اب مجھے کوئی پردے میں رکھنا بھی چاہے تو نہ رہوں۔ تو ہماری ساس سن کر کیا کہتی ہیں کہ میرے لڑکے کو تو مجھ سے چھڑا لیا ہے اس کے دل میں میری نفرت بٹھا دی اب میرے دوسرے بچوں پر بھی صاف کر

رہی ہے میرے ہر بچے کے سامنے میری برائی کیا کرو۔ الٹ بھی ان کا پلٹ بھی ان کا۔ وہی کام میں کروں تو برا ہو جاتا ہے اور ان کی لڑکی کریں تو اچھا ہو جاتا ہے۔

ان کو کبھی میرے سے ہنس کر بات کرتے تو دیکھ ہی نہیں سکتیں۔ انہیں سب سے زیادہ رنج اس بات کا ہے کہ یہ مجھ سے کیوں محبت کرتے ہیں۔ میں کمرے میں آئی اور جو یہ مجھ سے خوش ہو کر بول لئے تو غضب ہو جاتا ہے اور تو اور ہر وقت میری صورت کی برائی ان کے سامنے ہوتی ہے۔ ان کو بھی شرات سو جھتی ہے تو کہہ دیتے ہیں کہ اماں اور تو سب عیب ہیں لیکن شکل تو بہت اچھی ہے۔ کہنے لگتی ہیں، شرم نہیں آتی جورو کی تعریف میرے سامنے کرتا ہے ان کو تو ہنسی آتی رہتی ہے میرا دل جل جاتا ہے۔ میں تو چپکے سے اٹھ کر چلی آتی ہوں۔ ہر وقت میرا اپنا مقابلہ بیٹے کے سامنے کرتی رہتی ہیں۔ بھلا کہاں ماں کہاں بیوی۔ ان کا تو اس دن کلیجہ ٹھنڈا ہو جس دن یہ مجھے یا تو ماریں یا گھر سے نکال دیں۔ یا دوسری شادی کرلیں اور بھی جو میری دیورانیاں، جٹھانیاں ہیں وہ الگ الگ شہروں میں ہیں، جب وہ آجاتی ہیں تو تھوڑے دن تو ان کی خاطر ہوتی ہے، پھر ان میں بھی عیب نکلنے شروع ہو جاتے ہیں۔ اور پھر یہ ہوتا ہے کہ میں نے سب کو بلا کر ان کے خلاف "مس کوٹ" بنائی ہے۔ بری تو سب ہی بہوئیں ہیں لیکن سب سے بری میں ہوں اور بد قسمتی سے تھوڑی پڑھی لکھی ہوں تو میم صاحب کا خطاب مل گیا ہے۔ میں تو جب یہ اپنی بڑبڑاہٹ شروع کرتی ہیں تو ادھر جا کر کواڑ بند کر کے کچھ کام کرنے لگتی ہوں کہ نہ سنوں گی نہ برا لگے گا۔ اب صبح سے اس بات پر بڑبڑا رہی ہیں کہ بچوں کے میں نے کل ٹائیفائڈ کے ٹیکے لگوا دیئے۔ ان کو تھوڑا تھوڑا بخار ہے۔ بڑا لڑکا بہت لاڈلا ہے اور

جا کر پاس لیٹ گیا۔ اس کے سر پر ہاتھ رکھ کر جو باتیں سنائی شروع کی ہیں، اب دو گھنٹے تو ہو گئے ابھی دیکھو کب تک یہ سلسلہ چلتا ہے۔

***

۷

غریبوں کا بھگوان

درگا مصیبت کی ماری چار بچوں کو پالتے پالتے بالکل بے دم ہو رہی تھی۔ محنت مزدوری کسی سے اسے دریغ نہ تھا۔ بیوگی، غربت اور چار بچے! سلائی کڑھائی کے سوا اسے اور کچھ نہ آتا تھا۔ اسی سلائی کی بدولت پانچ چھ روپے مشکل سے جمع ہو جاتے اور گزارہ چل جاتا۔ صبح ہی صبح اٹھ کر پوجا کرتی۔ گڑگڑا کر بھگوان سے کہتی، "ان بچوں کو نہ بھولنا۔ اگر میں پاپی ہوں تو یہ تو معصوم ہیں۔

ہزار محنت کرتی۔ راتوں کو چراغ سے سیتی رہتی۔ مندر جا کر جو ٹہل بھگوان سے کر سکتی تھی کرتی۔ لیکن اس کی حالت کسی طرح نہ بدلتی تھی۔ بچے آئے دن بیمار رہتے تھے۔ دبلے پتلے فاقوں کے مارے معلوم ہوتے تھے۔ وہ خود ہر وقت کھانستی رہتی تھی۔

دن چڑھے سلائی لے بیٹھتی۔ اور دن یونہی کپڑے پر آنکھیں جمائے گزر جاتا۔ بنئے کا ادھار بھی چڑھا ہی رہتا تھا۔ ہزار کوشش کرتی کہ اچھے برے وقت کے لئے کچھ بچا لے۔ پڑا رہے گا تو کام آئے گا لیکن مہینہ کسی طرح بغیر قرض کے کھسکتا ہی نہ تھا۔

اس کا شوہر جب زندہ تھا تو ایک لالہ کے ہاں دس روپیہ ماہوار کا منیم تھا۔ تھوڑا اور اوپر سے پیدا کر لیتا تھا اور سب اس قلیل رقم میں لشتم پشتم گزارہ کر لیتے تھے، اور قرض لینے کی نوبت نہ آتی تھی۔ لیکن وہ دق میں ایسا بیمار پڑا کہ جو کچھ جمع جتھا تھا اس کی بیماری میں صرف ہو گیا۔ آخر میں نہ وہ رہا نہ روپیہ رہا۔ ہاں ایک یاددرگا کے لئے چھوڑ گیا۔ اس کا دم توڑنا۔ لوگوں کا اس کی ارتھی لے جانا۔ پھر براہمنوں کا دھوتی اور جنئو میں بیٹھ کر ان کے آنگن میں کھانا کھانا اور پھر برادری کے طعنے۔

جب کوئی براہمن اس کی نظر پڑ جاتا تو وہ کانپ جاتی۔ اسے وہ گدھوں کی طرح لگتے۔

جس طرح گدھ مردار پر گرتے ہیں۔ اسی طرح یہ برہمن بھی ہمیشہ اسے اپنے شوہر کی موت کی یاد دلاتے تھے۔ وہ تو روپیٹ رہی تھی۔ آئندہ کے خیال سے دیوانی تھی اور ان برہمنوں کی بھوک ضرورت سے زیادہ بڑھی ہوئی تھی۔ اسے ایسا معلوم ہو رہا تھا کہ آج وہ اس لئے جان جان کر زیادہ کھا رہے ہیں کہ اس کے اور اس کے بچوں کے لئے کچھ بھی چھوڑ کر نہ جائیں۔ مقدور سے زیادہ اس نے انہیں دیا لیکن پھر بھی وہ اس کے گھر سے ناخوش ہی اٹھے۔

وہ جانتی تھی کہ برہمن اس سے بہت اونچے ہیں۔ ان کی سیوا دھرم ہے اور ان سے نفرت کرنا پاپ ہے لیکن اپنے سے مجبور تھی جب کوئی برہمن جنئو اور دھوتی میں بغیر کرتے کے نظر آتا تو اسے ایسا لگتا کہ وہ اس کے گھر کو کھا کر کسی دوسرے گھر کو خالی کرنے جا رہا ہے۔ وحشت کی ایک لہر اس کے سارے جسم میں دوڑ جاتی۔ وہ اپنے ان پاپی خیالوں کو دل میں دبائے رکھتی۔ اور اسی لئے مندر میں

ہمیشہ پیسہ دو پیسہ پنڈتوں کو زیادہ دے دیتی۔ تا کہ اس کے پاپ کا کلیان ہو جائے۔ کن کت پر بہت ہمت کر کے بھی وہ برہمن کو اپنے گھر نہ بلا سکی۔ سیدھا لڑکے کے ہاتھ وہیں بھجوا دیا۔ اس کا بڑا لڑکا اندر دس سال کا تھا۔ پاس کے میونسپل اسکول میں پڑھتا تھا۔ اس کی ساری امیدی اسی سے قائم تھیں۔ ہاتھ میں سلائی ہوتی اور سر میں اندر۔ کبھی وہ دو کاندار ہوتا۔ کبھی اپنے باپ کی طرح منیم اور درگا کی مصیبتوں کے خاتمہ کا دارومدار اندر کی فارغ البالی پر ہوتا۔ اِندر کی بہو ہوتی، اس کے کئی لڑکے بھی ہوتے۔ سب درگا کے بڑھاپے میں اس کی ٹہل کرتے۔ لڑکیاں تو خیر پرائے گھر کی تھیں۔ چلی جاتیں۔ یہی خیالی پلاؤ تھے۔ جو اس کی خوشی اور اس کی راحت تھے۔

جب کسی براہمن فقیر کی صدا اس کے یہ خوشنما خواب بگاڑ دیتی تو وہ لرز جاتی۔ اندر کو مردہ دیکھتی۔ براہمن، بہت سے براہمن اس کے چھوٹے سے صحن میں کھانا کھاتے ہوئے۔ وہ گھبرا کر باہر چلی جاتی۔ محلہ میں کھڑی ہو جاتی۔ ہزار کوشش کرنے پر بھی ایک وحشت طاری رہتی۔ جو صرف اندر کی صورت دیکھ کر کم ہوتی تھی۔ وہ اس کو چمٹا لیتی اور رونے لگتی۔ اندر اس کے سر پر ہاتھ پھیرتا۔ اسے بچوں کی طرح بہلاتا اور کہتا، "اماں تو روتی کاہے کو ہے۔ جب میں بڑا ہوں گا تو پھر میں کام کروں گا۔ تو آرام سے پلنگ پر بیٹھیو۔"

بچہ کیا تھا۔ دیوتا تھا۔ ابھی سے اپنی ذمہ داری محسوس کرنے لگا تھا بچوں کی سی کوئی بات، کوئی شرارت اس میں نہیں تھی۔ بہنوں سے لڑائی جھگڑا ابھی بہت ہی کم کرتا۔ ماں کے کولہے سے لگا اپنا سبق پڑھا کرتا تھا۔ بعض وقت وہ ڈر جاتی کہ کہیں اس کا ننھا سا دل ٹوٹ نہ جائے۔ پیسہ دیتی کہ بھیا جا، مٹھائی لے آ، مٹھائی لاتا تو وہ بھی

اکیلے نہ کھاتا۔

ایک دن مدرسے سے بخار میں کانپتا ہوا آیا۔ درگا نے جلدی سے کھاٹ پر لٹا دیا۔ جو گرم چیزیں پاس تھیں۔ اس کو اڑھا دیں اور کلیجہ سے لگا کر بیٹھ گئی۔ پھر اپنے دل میں سوچا کہ ایسے بیٹھی رہی تو کیسے کام بنے گا۔ لڑکی کو بھائی کے پاس بٹھا کر محلہ کے وید کے پاس چلی۔ گلی کے موڑ پر تین براہمن ملے کہیں جا رہے تھے۔ ان کو دیکھ کر وہ دم بخود ہو گئی اور نہ معلوم کیوں اس کے دل میں آیا کہ وہ اسی کے گھر جا رہے ہیں۔ راستہ روک کر کھڑی ہو گئی، "ارے بھیا ابھی تو وہ زندہ ہے۔ تم کیسے ادھر آ رہے ہو۔" وہ چیختی ہی رہی اور برہمن اس سے بچ کر نکل گئے۔

جب اسے ہوش آیا تو یاد بھی آئی کہ وید کے یہاں جا رہی تھی۔ وید نے چند گولیاں دیں کہ گرم پانی سے بچے کو پلا دو اور کوٹھڑی میں برابر آگ رکھو۔

شام تک اندر کی حالت اور خراب ہو گئی۔ مشکل سے پانی بھی پیتا تھا۔ آنکھیں بند کئے تیز بخار میں پڑا تھا اور درگا گھڑی گھڑی اپنا اطمینان کرنے کو وہ زندہ بھی ہے یا نہیں اس کو جھنجوڑ دیتی اور پکارتی، "بھیا، بھیا، بول کیا کچھ کھائے گا۔" وہ آنکھیں کھول کر پھر بند کر لیتا اور وہ سمجھتی کہ کمزوری کی وجہ سے بول نہیں سکتا۔ جا کر وید کو بلا لائی۔ اس نے دوا بدلی اور اس کا اطمینان کر گیا کہ کوئی ڈر کی بات نہیں ہے۔ درگا نے دودھ بوند بوند کر کے اس کے حلق میں ٹپکایا اور اس نے نام کو کچھ پی لیا تو ماں کو ذرا ڈھارس ہوئی۔ اس کی تینوں بچیاں بھوکی تھیں۔ کھانے کے لئے ضد کر رہی تھیں۔ کھانا پکانے کا اسے کہاں ہوش تھا۔ بازار سے کچھ لا دیا اور وہ کھا کر سو گئیں اور یہ رات بھر اندر کے پلنگ سے لگی بیٹھی رہی۔ کبھی وہ کراہتا، کبھی اپنی لال لال

آنکھیں پھاڑ کر چھت کی طرف دیکھتا۔ غرضیکہ اس کی حالت بجائے سنبھلنے کے بگڑتی گئی اور درگا کی ساری رات آنکھوں میں کٹ گئی۔

صبح ہی وہ مندر گئی۔ وہاں مورتی کے سامنے ماتھا ٹیکے پڑی رہی۔ اور اپنے بچے کی جان کے لئے دعا مانگتی رہی۔ پنڈت سے صلاح کی اس نے کہا کوئی آسیب ہو گا۔ وید سے کام نہ بنے گا۔ تو کسی سیانے کو دکھا۔ وید کی دوا اور سیانوں کے ڈھولوں میں سارا دن گزر گیا۔ چوبیس گھنٹہ سے زیادہ ہو گئے تھے اور اندر کسی طرح آنکھ ہی نہ کھولتا تھا۔ درگا کے پاس اب پیسہ نہ تھا۔ صبح بنئے سے چار روپے لائی تھی۔ وہ پنڈتوں، سیانوں کی نظر ہو گئے۔ شام کو وید خود آیا اور اندر کی حالت دیکھ کر گھبرا گیا۔ وہ اب بالکل بے ہوش تھا۔ آنکھیں آدھی کھلی ہوئی تھیں۔ نتھنے پھڑک رہے تھے۔ ہزار بلایا، جھنجھوڑا۔ اس نے آنکھ نہ کھولی۔ وید نے آخر کو کہہ دیا، "جا ابھی کسی ڈاکٹر کو بلا لا۔ ورنہ بچہ چند گھنٹوں کا مہمان ہے۔" اسے گھر کتا رہا کہ دن بھر اس کے پاس کیوں نہیں گئی۔

درگا کے پاس اس وقت دام کہاں تھے کہ ڈاکٹر کو لاتی۔ فوراً بھاگی ہوئی ان لالہ جی کے ہاں گئی جہاں اندر کا باپ منیم تھا۔ یہ لالہ بہت جائیداد والے تھے۔ کئی ٹھاکر دوارے اور مندر بنوا چکے تھے۔ گنگا کے کنارے ان کا بنوایا ہوا ایک شاندار مندر کھڑا تھا۔ جہاں سینکڑوں لوگ منتیں مانتے اور بھگوان کے درشن کو آتے تھے۔

یہ درگا کو دور سے دیکھتے ہی منہ بنا لیتے اور کہتے کہ "مائی تیرا مرد میرا نوکر تھا۔ اپنی تنخواہ لیتا تھا یا میرے پاس کوئی ہنڈی رکھوا گیا تھا کہ تجھے نکال نکال کر دیدیا کروں۔" اس نے بھی مدت سے ان کے سامنے ہاتھ پھیلانا چھوڑ دیا تھا لیکن آج

اندر کی حالت دیکھ کر وہ ساری شرم بھول گئی اور لالہ کے قدموں پر گر پڑی۔ بہت منت خوشامد، حیل و حجت کے بعد لالہ نے مدد سے صاف انکار کر دیا۔ ان کی بیوی بھی پاس ہی کھڑی تھیں۔ درگا ان کی طرف مڑی۔ ان کو اپنے بچوں کا واسطہ دلوایا۔ ان کی مامتا کو جگانے کی کوشش کی لیکن سب بے سود۔ وہ بولیں بھی تو کیا، "امیروں کی برابری کیوں کرتی ہے۔ ڈاکٹر کو گھر بلانے کی کیا ضرورت ہے۔ ہسپتال کیوں نہیں لے جاتی۔"

وہ ناکام وہاں سے اٹھی اور اسی سوچ میں چلی کہ کہاں سے روپیہ لائے کہ سمترا کمہاری نے چپکے سے دو روپے اسے قرض دے دیئے۔ تو اس کی جان میں جان آئی۔ ڈاکٹر کے پاس بھاگی اور اسے جگا کر گھر لے گئی۔ ڈاکٹر نے بچہ کو دیکھا۔ الٹا پلٹا اور کھڑے ہو کر کہنے لگا، "یہ تو گردن توڑ بخار ہے۔ اسے میونسپل ہسپتال لے جاؤ۔ اب دیر ہو گئی ہے لیکن شاید وہاں جا کر کچھ ہو سکے۔

گردن توڑ بخار کا نام تو درگا نے بھی کئی دفعہ سنا تھا۔ محلہ ہی میں دو چار موتیں ہوئی تھیں۔ اس کا دل ایک دفعہ دھک سے رہ گیا اور وہ کھڑی کی کھڑی رہ گئی۔

ڈاکٹر جو فیس پہلے لے چکے تھے، نہ معلوم کب چلے گئے۔ بچہ اکڑا پڑا تھا۔ سانس حلق میں پھنستا تھا۔ ہر ہر لمحہ حالت بدتر ہوتی جا رہی تھی اور درگا کی یہ کیفیت تھی کہ بغیر کچھ کہے بس اس کی پٹی سے لگ کر بیٹھ گئی۔

اسے پورا یقین تھا کہ وہ مر جائے گا۔ ہر قسم کی ہمت اور امید ڈاکٹر کے گردن توڑ بخار کے ساتھ رخصت ہو چکی تھی۔ ایسا معلوم ہوتا تھا کہ کسی نے اس کے جسم کا عرق نچوڑ لیا ہے اور ہاتھ پاؤں مردہ ہو چکے ہیں۔ پلنگ سے کمر لگائے سامنے کی دیوار

کو تک رہی تھی۔

اندھیرا تھا۔ لڑکیاں کھانا مانگ رہی تھیں۔ مچل رہی تھیں۔ لڑ رہی تھیں لیکن وہ تھی کہ یونہی بے حس و حرکت بیٹھی تھی اور اپنی ساری امیدوں کا خاتمہ اس ننھی سی جان میں دیکھ رہی تھی۔ اس کا سر ہر قسم کے خیالوں سے خالی تھا۔ بس وہ بیٹھی تھی۔

چاند نکلا تو اس اندھیر کوٹھڑی میں کچھ اجالا ہوا۔ لڑکیوں کی چیخ و پکار تھم گئی۔ رونا چلانا آہستہ آہستہ کم ہوا۔ جس کو جہاں جگہ ملی۔ روتی پیٹتی وہیں سو گئی۔

بچہ کا سانس زور زور سے چل رہا تھا۔ غر غر غر کی آواز جاری تھی۔ لڑکیوں میں سے کوئی ڈر کر خواب میں چیخ دیتی تھی۔ کوئی بھوکی اٹھ کر رونے لگتی تھی اور روتے روتے پھر سو جاتی تھی۔ درگا ایک عمر دراز سے وہیں پلنگ سے کمر لگائے دیوار کو تک رہی تھی۔ سانس اب آہستہ ہونا شروع ہوا۔ اس کا شور نیچا ہوا۔ دو سانسوں کے درمیان وقفہ بڑھنے لگا۔ بچہ مر رہا تھا اور اس کی ماں میں یہ ہمت نہ تھی کہ مڑ کر اس کی موت دیکھے۔ سانس اب ہچکیوں کی صورت اختیار کر رہا تھا۔ درگا اب بے حس نہ تھی۔ اسے معلوم تھا کہ اب جلد ان ہچکیوں کی آواز بھی بند ہو جائے گی۔ اس کا سارا جسم تن گیا تھا۔ وہ اسی طرح آنکھیں پھاڑے چوکس، کان لگائے بیٹھی تھی جس طرح ایک شکاری کسی جھاڑی میں چھپا ہوا ہر لمحہ شیر کی جھپٹ کا انتظار کر رہا ہو۔

ہچکی آئی، پھر آئی، ایک اور آئی، پھر آئی، اس دفعہ بہت ہی آہستہ سے۔ وہ کان لگائے بیٹھی تھی کہ اب دوسری آئے گی بھی یا نہیں، نہیں آئی۔

وہ ایک دم کھڑی ہو گئی اور زور سے چیخنے لگی "مر گیا، میرا بچہ مر گیا۔ یہ کہہ کے

باہر کی طرف بھاگی۔ بہت سے لوگ صبح کے اندھیرے میں گنگا اشنان کرنے جا رہے تھے۔ وہ ان کے درمیان بھاگتی رہی۔ "مر گیا میرا بچہ مر گیا۔" شاید کسی نے اسے پہچانا ہو، شاید کسی نے اس پر ترس کھایا ہو لیکن صرف ایک بڈھے نے اسے روکا اور پوچھا۔ مائی تو کون ہے؟ تیرا بچہ کب مرا؟" وہ اور زور سے چیختی ہوئی تیز بھاگی۔

ایک اور آدمی نے اسے پکڑ لیا اور اب اس کے چاروں طرف آدمی جمع تھے۔ ہر کوئی اس سے سوال کر رہا تھا۔ اتنے ہجوم کو اپنے ارد گرد دیکھ کر وہ کچھ ہوش میں آئی اور زور سے چلائی، "ہائے میرا لال کل بیمار پڑا۔ آج مر گیا۔"

سننے والوں کو قصوں میں بڑا مزا آتا ہے۔ سب کچھ نہ کچھ پوچھنے لگے۔ ان کی باتوں کا اثر تھا یا بھاگنے کا کہ اس کا جما ہوا دماغ پھر جاگ چلا تھا اور اب وہ رفتہ رفتہ پھر اس دنیا میں واپس آ رہی تھی اور اپنے مردہ بچے کے لئے تڑپ رہی تھی۔

"اپنا اپنا کرم ہے جو اس جنم میں پاپ کرو تو اگلے جنم میں بھوگو اور جو۔۔۔"

کرم! اور پھر دحشی تھی۔ "کیا میں نے ایسے پاپ کئے ہیں کہ میرا مرد گیا تو گیا، میرا بچہ بھی چھن گیا؟"

"ارے دنیا کی بات ہے۔ تیرا ذکر نہیں ہے۔ کرم ہی کا سارا قصور ہے۔ ورنہ یہ روز روز کی مصیبت کیوں آئے؟" کسی نے چلتے چلتے جواب دیا۔

بتاؤ میں نے کیا کیا تھا؟ کرم! کرم! بتاؤ، بتاؤ، بتاؤ! کہہ کر وہ ہر ایک کے پیچھے پڑ گئی۔ لوگ اپنا پیچھا چھڑانے کو جلدی جلدی گنگا کی طرف چلنے لگے۔ وہ بھی پیچھے لپکی۔ وہاں بڑا میلہ تھا۔ سینکڑوں اچھوت رکشا منتر لینے آئے تھے۔ بیچ میں سفید دھوتی باندھے ایک پنڈت آدھے ننگے کھڑے تھے۔ اچھوتوں کو گائے کا پیشاب پلا رہے

تھے۔ لوگ اس دیوتا کو چھونے کی ہمت نہ کرتے تھے۔ پاؤں پر گر رہے تھے۔ انہیں اس طرح کھڑے دیکھ کر درگا کی آنکھیں باہر نکل پڑیں۔ یہ کھڑا تھا برا ہمن۔ اس کے بچہ کا کھانے والا۔ اپنی وحشت میں اسے وہ اندر کو گوشت چباتا ہوا نظر آیا۔ وہ جہاں کھڑی تھی۔ وہیں جم گئی۔ ڈراونی اور بھیانک آنکھوں سے اس کے چہرہ کی طرف دیکھنے لگی کسی نے پاس سے پوچھا، "کہ یہ کون ہیں؟"

"پنڈت ہرچرن موہن، اچھوتوں کو رکھشا منتر دے رہے ہیں۔"

"کرم، کرم" درگا نے پاس ہی سے کسی کا ہاتھ دبالیا۔ اور اس خونخوار خوفناک پنڈت کی طرف دیکھتے ہوئے دبی آواز میں بولی، "کیا یہ کرم بھی مٹا دیں گے۔"

"نہیں، وہ کیسے میٹ سکتے ہیں؟" اس نے جھٹکا دے کر اپنا ہاتھ چھٹالیا۔

اس نے پھر کہا، "معلوم ہے یہ کون ہے؟ میرے بچے کو کھا رہا ہے دیکھو وہ کھا رہا ہے۔"

ٹھیر تو جا خونی۔ ایک کو کھا کر تیرا پیٹ نہ بھرا۔ کل سے میرے گھر کے چاروں طرف گھوم رہا ہے۔" وہ لپکی کہ پنڈت کو نوچ لے۔ "میرے لال کا قاتل کہہ کر اس نے ایک ہاتھ ان پر مارا۔ لوگ بیچ میں آگئے۔ برتن جس میں وہ گائے کا پیشاب پلا رہے تھے۔ لڑھک گیا۔ وہ رام رام کہہ کر پیچھے ہٹے اور رکشا منتر کو بھول کر اپنے جسم کو بچانے لگے۔

دس پانچ نے اسے ڈانٹا۔ ایک آدھ گالی بھی اس نے کھائی اور بعض نے اسے بچایا۔ "اسے جانے بھی دو۔ یہ تو پاگل ہے۔ ابھی چیختی پھر رہی تھی کہ ہائے میرا بچہ مر گیا۔ اب یہاں آکر پنڈت جی سے جھگڑ بیٹھی۔"

اب پنڈت جی خود آگے بڑھے اور بناوٹی رحم سے کہنے لگے، "ہاں ٹھیک ہے کوئی پاگل ہی معلوم ہوتی ہے۔ اسے بھگوان کے نام پر چھوڑ دو۔"

"بھگوان بھگوان۔" درگا نے دماغ پر زور ڈالتے ہوئے کہا، "کرم کو بھگوان ہی میٹ سکتے ہیں۔ کہاں ہیں بھگوان؟"

پھر اس کے چاروں طرف جمگھٹا تھا۔ کسی نے کچھ جواب دیا کسی نے کچھ ایک بولا "مندر میں؟"

وہ ننگے سر اور ننگے پاؤں مندر کی طرف بھاگی۔ مندر کے پنڈت نے اسے اس طرح گھستے دیکھ کر ٹوکا اور اٹھ کر اسے اندر آنے سے روکنا چاہا۔ خود بھی بچنا چاہتا تھا۔ اسے ڈر تھا کہ درگا کہیں اس کو چھو نہ جائے۔ اسے دھکا دے کر وہ اندر گھس گئی۔ وہاں عورتیں بیٹھی تھیں۔ اسے دیکھ کر جلدی سے اٹھ کھڑی ہوئی۔ ادھر ادھر بچےھ لگیں۔ وہاں لالہ جی کی بیوی بھی تھیں۔ درگا کو دیکھ کر بولیں، "ہٹ یہاں سے۔ تو یہاں کیسے آئی؟"

"اپنے بھگوان کے پاس آئی ہوں۔ کیوں ہٹوں؟"

"نکالو اس کو پنڈت جی، ورنہ میں لالہ جی سے تمہاری شکایت کروں گی۔ بڑی بنی ہے بھگوان والی۔ تیرا بھگوان کہاں سے آیا۔ بھک منگنی کہیں کی؟"

"اچھا تو یہ تمہارا بھگوان ہے۔ تمہیں کو مبارک ہو۔ مجھے تمہارے رئیسوں کے بھگوان نہیں چاہئے۔ کہاں ہے مجھ غریب کا بھگوان۔ درگا طیش میں آکر پنڈت کی طرف لپکی۔

"مائی، یہی سب کے بھگوان ہیں۔ یہی امیروں کے۔ یہی غریبوں کے وہ سب

کا ہے اور سب اس کے ہیں۔ چل تو باہر جا۔

"چھوٹا کہیں کا! یہ تو ان رانیوں کے ہیں۔ بتا میرا بھگوان کدھر ہے۔ بول۔"

یہ پنڈت بھی آدھا ننگا تھا۔ درگا نے اس کی طرف گھورا اور لپک کر ایک مورتی کو اٹھالیا۔ اب آئیو میرے گھر۔ اب کے روٹی نہیں دوں گی۔

پنڈت اس کی طرف دوڑے۔ درگا نے چیخ کر جلدی سے مورتی کو چھوڑ دیا اور ناچنے لگی۔ یہ رہا لالائن کا بھگوان۔ یہ رہا رئیسوں کا۔"

پجاریوں نے اسے پکڑ لیا اور خوب پیٹا۔ پولیس میں لیجانے لگے۔ درگا پٹ رہی تھی اور ہنس رہی تھی۔ شاید اس کی وحشیانہ آنکھوں نے دیوانی ہنسی نے ان مردوں کو یقین دلا دیا کہ وہ اپنے ہوش میں نہیں۔ آخر کو مار پیٹ کر انہوں نے درگا کو مندر سے نکال دیا۔

اس طرح پٹ کر درگا کی طبیعت میں اب قدرے سکون تھا۔ لیکن اب اس کو اپنے بچے کا اتنا دھیان نہ تھا جتنا یہ خیال کہ وہ آج اپنے بھگوان کو ضرور ڈھونڈ نکالے گی۔ وہ مندر مندر پھرتی رہی اور ہر پنڈت سے پوچھتی رہی کہ وہ اس کو بھگوان کا پتہ بتادے۔ کسی نے اسے جواب نہ دیا۔ کسی نے ڈانٹ کر نکال دیا۔ کسی نے بہلا پھسلا کر چلتا کیا۔

درگا سارے شہر میں پھرتے پھرتے ایک مسجد میں گھس گئی۔ وہاں بہت سے لوگ جمع تھے۔ وہ کبھی کھڑے ہوئے تھے کبھی جھکتے کبھی بیٹھتے تھے۔ درگا خاموش کھڑی دیکھتی رہی۔ جب وہ لوگ اٹھے اور چلنے کو تیار ہوئے تو ایک اجنبی عورت کو دیکھ کر حیران ہوئے۔ ایک داڑھی والے آگے بڑھے اور بولے۔

"ارے تو کون ہے۔"

"میں اپنے بھگوان کو ڈھونڈ رہی ہوں۔ تمہیں پتا ہے کہ وہ کہاں ہے؟"

"بھگوان وگوان کی تو خبر نہیں۔ ہمارا تو اللہ ہے جو ہر جگہ رہتا ہے۔"

در گا نے چاروں طرف مڑ کر دیکھا اور پوچھا کہ وہ کون ہے۔

"اللہ سب کا پروردگار ہے۔ اس نے دنیا بنائی ہے۔ مجھے تجھے سب کو روٹی دیتا ہے۔ امیروں غریبوں سب کا مالک ہے۔ اس کے حضور میں سب برابر ہیں۔"

"در گا ہنسی جو اس کے لئے سب برابر ہیں۔ تو امیر غریب بناتا کیوں ہے؟"

"اس کی مرضی۔"

"واہ بڑے میاں! خوب دور کی لیتے ہو۔ اگر راستہ نہیں بتانا تو مت بتاؤ۔ جھوٹ کیوں بولتے ہو۔" یہ کہہ کر وہ جواب کے لئے نہ ٹھہری اور اپنی دھن میں چیختی ہوئی نکل گئی۔

در گا سارا دن پھر پھر کر بے دم ہو رہی تھی لیکن پھر بھی اس کے پاؤں کو قرار نہ تھا وہ برابر چلے جا رہی تھی۔ ایک جگہ گھنٹہ بج رہا تھا۔ مرد اور عورتیں جلدی جلدی گرجا کے اندر جا رہے تھے۔ در گا بھی ساتھ گھس گئی اور سب سے آگے جا کر بیٹھ گئی۔ ایک آدمی کالے لباس میں اوپر پلیٹ فارم پر کھڑا وعظ کر رہا تھا، "امیر لوگ بھگوان کی مہربانی کا ایک حصہ ہیں۔ غریبوں کی مدد کا ایک آلہ ہیں۔ غریبوں کو مسیح اور اپنے بھگوان کا شکر گزار ہونا چاہیئے۔ امیروں پر رشک نہ کرنا چاہیئے۔"

در گا پر بھگوان اور غریب کے لفظوں کا بہت اثر ہوا اور اس کی وحشت اور جنون کی حالت اور تیز ہو گئی۔ اپنی دیوانگی میں یہ شخص اس کو ایک پنڈت کالے

سوانگ میں نظر آیا۔ وہ ضبط نہ کر سکی۔ اور وعظ کے درمیان میں ہی چیخنے لگی۔ بھیس بدل بدل کر کھڑا ہوتا ہے۔ دھوکہ باز آج تجھے جیتا نہ چھوڑوں گی۔" یہ کہہ کر وہ آگے لپکی۔

لوگ بیچ میں آ گئے اور آکر درگا کو پکڑ لیا۔ یہ لڑنے لگی اور اس کھینچا تانی میں چھٹ کر گر پڑی اور اس کا سر ایک قریب کے بنچ سے ٹکرایا۔

"غریبوں کا بھگوان کدھر ہے۔" درگا ہوش آنے پر چلائی، "ہلو نہیں، دیکھو تمہارے سوئی چبھ جائے گی۔" ایک جوان ڈاکٹر اس کے اوپر جھکا ہوا انجکشن لگا رہا تھا اور ایک سفید پوش نرس اس کا بازو مضبوط پکڑے تھی۔

ڈاکٹر درگا کی طرف دیکھ کر مسکرایا اور درگا نے دبی ہوئی آواز میں پھر پوچھا، "غریبوں کا بھگوان کون ہے؟"

"غریبوں کے ہاتھ۔"

ڈاکٹر نے سوئی نکال لی اور ایک دوسرے مریض کے پاس چلا گیا اور پھر درگا نے اپنے ہاتھوں کو اونچا اٹھایا اور دیر تک ان کو دیکھتی رہی۔

***

***